KB069946

십 년 후에 죽기로 결심한 아빠에게

십 년 후에 죽기로 결심한 아빠에게

윤희일 지음

다산책방

| 차례

chapter 1 • 결혼 전 날

chapter 2 • 너를 마지막까지 믿어주는 사람

chapter 3 • 너는 컸고, 나는 늙었으니까

chapter 4 • 아빠라는 이름으로

chapter 5 • 엄마 대신 네가 받아주렴

chapter 6 • 죽음을 그리워하며

chapter 7 • 가장 행복했던 사람

chapter 8 • 뒤태가 아름다운 사람

chapter 9 • 너를 생각하며

chapter 10 • 아빠 제발

에필로그 • 덮으며

영원이란 가까이 두고 아껴온 것을
생각이 가닿는 곳보다 더 멀리 보내는 일인가?

– 황동규, 「영원은 어디?」 중에서

chapter 1

결혼 전날

2월 29일

오랜만에 아빠 방에 들어왔다. 불을 켜기 전부터 아빠 냄새가 났다. 언젠가부터 서서히 멀어져간 아빠의 냄새. 아빠 냄새가 좋았던 나이가 있었다. 그날들이 지나, 아빠 냄새가 싫었던 때도 있었다. 그리고 함께 있는데도 아빠 냄새가 그리운 날이 있었다.

엄마가 돌아가시고 나서 한동안은 내가 아빠 방을 청소했다.

"너에게 짐이 되는 것 같아 좀 그렇다. 이제부터 내 방 청소는 내가 직접 하마. 나이가 드니까 청소도 재미있어지는구나."

어느 날, 아빠는 방 청소를 스스로 하겠다며 성능이 그저 그런 소형 청소기까지 사가지고 와서는 직접 청소를 했다.

청소기는 책상 바로 옆에 놓여 있다. 코드가 뽑힌 채로 덩그러니. 필터에 먼지가 덜 털린 속이 들여다보인다. 내가 청소를 한다고 해도 아빠는 기어코 혼자 청소기를 돌렸다.

책상 위에는 검은색 노트북이 있다. 젊은 시절부터 읽고 쓰는 걸 좋아하신 아빠는 늘 뭔가를 써서 비밀스럽게 저장해놓고는 했다. 이제는 다 낡은 노트북…… 아빠가 사온 청소기도, 아빠의 의자도 다 그랬다. 속상하게 어딘가 자꾸 삐걱거린다.

아빠, 하면 떠오르는 건 대부분 자판을 두드리고 있는 모습이다. 아빠의 자판 두드리는 소리는 유난히 컸다. 탁탁탁, 어떤 때는 방 밖까지 들릴 정도였다.

"군대 있을 때 타자를 배워서 그래. 종이 열 장과 먹지 아홉 장을 넣고 한꺼번에 타자를 치고는 했거든. 손가락에 힘이 들어가기 시작한 것은 그때부터야."

언젠가 함께 도서관에 갔다가 옆자리에 앉은 사람이 자판 두드리는 소리가 너무 크다며 투덜댄 적이 있었는데, 집에 돌아온 후 아빠는 나에게 조금 멋쩍은 듯 이렇게 변명했다.

아빠의 둔탁한 자판 소리는, 곁에 아빠가 계시다는 것을 알려주는 신호음 같은 것이었다. 나는 그 신호음을 들으면 이상하게도 마음이 놓였다. 언제나 그 자리에 아빠가 있을 것 같았다.

아빠가 청소한 방 안은 구석구석 먼지가 남아 있고, 머리카락도 떨어져 있다. 헐렁하게 벗어놓은 옷가지도 여기저기 걸려 있다. 언젠가 내가 "아빠 청소 다 한 거야?" 하고 타박을 했더니 아빠는 "그럼, 다 한 거지. 난 저게 편해" 하며 능글맞게 웃었다.

아빠는 그렇게 혼자만의 자리를 만들었다. 아빠의 냄새는 그런 데서 풍겨왔다. 내가 모르는 시간들, 일하는 곳, 출퇴근하는 시간, 저녁에 술 한 잔 기울이는 시간, 노트북으로 뭔가를 타이핑할 때의 시간들…… 그런 데서 왔다. 이제는 이 냄새를 이해할 수 있을 것 같은데, 나는 어느새 속마음을 솔직하게 내비치지 못하는 나이가 되었다.

지금쯤 아빠는 동네 어귀 단골 술집에서 친구들과 왁자지껄 한잔 걸치고 있을 것이다.

"야, 헛소리 하지 말고 당장 나와, 나랑 한잔해야지. 오늘 맨정신으로는 도저히 잠을 잘 수가 없을 것 같다. 내일 우리 딸이 시집가잖아. 내가 쏜다!"

아빠는 그렇게 전화를 한 통 한 통 걸어 친구들을 불러 모으더니 초저녁부터 집을 나섰다.

집이 조용하다.

아빠는 벽에 걸려 있는 달력의 '29'자에 빨간색 동그라미를 여러 개 그려놓았다. 오늘은 2월 28일. 그러니까 내일이면 나는 아빠의 곁을 떠난다. 아빠의 냄새와 타자 소리, 유난히 늘어가는 아빠의 주름살과도 멀어진다.

무슨 말이든 아빠에게 남겨야 할 것만 같다. 무슨 말을 해야 할까. 하고 싶은 말이 정말 많은데, 아빠에게 무언가 말한다는 게 어색하다. 아니, 속상하게도 어색해졌다. 언제부터였을까. 아빠와 멀어진 것은. 언제나 곁에 있었는데. 할 말은 항상 가득했는데.

아빠가 쓰시는 노트북 컴퓨터의 덮개를 열고 스위치를 눌렀다. 오래된 컴퓨터라 그런지 부팅하는 데 시간이 꽤 걸렸다.

노트북의 자판에 손을 대는 순간, 아빠의 온기가 느껴졌다. 자판에서 손이 자주 가는 버튼은 반질반질했다. 특히 'ㄱ'자와 'ㅇ'자는 글자가 거의 벗겨져 있었다. 아빠는 'ㄱ'과 'ㅇ'자 버튼으로 무슨 단어를 이렇게 많이 쳤을까.

혹시 내 이름에 'ㅇ'자가 있어서 그런 것은 아닐까, 그런 생각을 하던 중에 드디어 화면이 떴다. 바탕화면은 의외로 깔끔했다. 몇 개의 폴더 중에서 '가족사진'이라는 것에 눈이 멈췄다. 나도 모르게 커서를 대고 클릭을 했다.

최근 십여 년 동안 우리 가족이 찍은 사진이 시간 순서로 정리돼 있었다. 단 한 장의 사진도 빠짐이 없는 것 같았다.

노트북은 아빠에게 있어 기억을 담아놓는 창고, 그런 것인지 모른다. 창고는 무엇인가를 채워놓는 순간부터 차곡차곡 낡아간다. 창고에서 물건을 빼내 과거를 추억하듯, 아빠는 노트북에 과거를 담아놓고 있었다.

'편지'라는 폴더가 보였다. 한 번도 아빠가 누군가에게 편지를 보내거나 받은 일을 본 적이 없다. 이메일이나 문자 메시지가 있었으니까. 나와도 자주 문자를 주고받고는 했으니까.

나는 편지 폴더를 열어보고 싶었다. 호기심을 참을 수 없었다. 아빠의 '편지'를 본다는 것은 아빠의 '사생활'을 엿보는 것일 수 있다는 생각이 밀려왔지만 우리 아빠의 비밀스러운 생활에 대한 궁금증이 그 생각을 저 멀리로 밀어냈다.

'편지' 폴더도 깔끔했다. 오랜 세월 쓴 것으로 보이는 아빠의 글이 가지런히 정리돼 있었다.

첫 편지는 십 년 전쯤 작성된 것이었다. 그 무렵 아빠는 처음으로 노트북을 마련했다. 노트북을 장만했다며 박스를 열기도 전에 자랑을 하던 모습이 눈에 선했다. 아마, 나는 아빠만 새것을 사느냐며, 내 것도 사 달라고 졸랐던 것 같다.

지금 나는 아빠에게, 같은 공간에서 함께했던 시간을, 그 마지막을 편지로 남기기 위해 아빠의 방에 들어왔다. 막상 편지를 써야 한다는 사실은 까맣게 잊은 채, 아빠의 편지를 펼쳐보고 있었다.

막 두 줄을 눈에 담았을 때, 벌써 가슴 한편이 저려오기 시작했다.

chapter 2

너를 마지막까지 믿어주는 사람

아빠는 말이야.
네가 초등학교에 가고, 중학교에 가고, 고등학교에 가고, 대학에 가고……
그렇게 사회에 나가게 되어도
가장 편하게 화를 낼 수 있는 사람이 바로 나이길 원했어.

딸똥

제법 시원한 바람이 불어오고 있었을 게다. 그때였어.

똥이 뚝, 하고 땅에 떨어지는 거야. 그래, '뚝' 소리가 났어.

동그란 똥 덩어리 하나가 뚝, 하고 떨어졌어.

조금 크기가 컸던 것 같아. 그래서 뚝 떨어졌을 거야.

지금도 그때 그 '뚝' 소리가 생생하구나.

그런데 그놈의 똥이 살아 있어서인지, 아니면 땅이 기울어 있어서인지…… 똥이 움직이는 거야.

데구르르, 데구르르…….

일 미터 아니 이 미터? 아니다. 그 중간쯤은 굴러갔을 거다. 그놈의 똥이 하얀 모래 위를 데굴데굴 굴러가더니 갑자기 턱, 멈추더구나.

그날은 비가 갠 날 오전이었다. 그랬을 거야.

있잖아. 비가 갠 날 아침, 전날 거세게 흐르던 물이 모두 빠져나가고 난 뒤 나타난 그 정갈한 모래밭의 느낌을 너는 아니?

정갈한. 그래 맞아, 정갈한. 그 표현이 딱 맞겠구나. 모래를 그냥 먹어도 될 것 같을 정도로 맑은 기운.

똥이 그 모래를 온몸에 두른 채 있더구나.

언젠가 너랑 제과점에 갔다가 본 도넛이 생각났다.

왜 있지? 탁구공만 한 크기의 동그란 도넛 말이야. 참깨 같은 것을 온몸에 잔뜩 묻히고 있는.

어쨌거나 그때 똥 덩어리 하나가 뚝 떨어져 굴러가더니 모래를 엷게 두르고 멈춰 있었어.

바람은 여전히 불고 있었다. 봄바람이었을 거야. 아마도, 그랬을 거다. 제법 시원한 바람이 불어오더구나.

그 바람이 똥 냄새를 잽싸게 잡아채더니 소나무 가지들 사이로 사라졌지.

"아휴 구려."

내가 코를 막았다. 코를 막고 숨을 멈췄다.

그러고는 손부채질까지 했다.

아빠의 얼굴은 온통 일그러져 있었을 거야.

그때, 네가 입을 열었지.

"딸 똥도 더러워? 아빠가 뭐 그래. 아빠가 자기 딸 똥도 더러워해?"

너는 내 얼굴을 한참 바라보더구나.

'우리 아빠가 설마 딸 똥을 더러워할까' 하는 표정으로 말이야.

이제는 말할 수 있다.

그날 나는 네 똥의 향긋한 냄새를 맡아보고 싶었단다.

그놈의 바람이 내 딸의 똥 냄새를 모두 빼앗아가지만 않았어도…….

네 똥은 하나도 더럽지 않았단다.

아빠에게 있어서 하나도 더럽게 느껴지지 않는 똥은 이 세상에 네 똥밖에 없을 거다.

아빠는 늘 바빴다. 네가 태어나던 날, 그날도 그랬어.

아빠는 너와 네 엄마의 퇴원 수속도 밟지 못한 채 출장을 갔다.

모든 것을 너의 할머니에게 맡기고 출장을 떠날 정도로 아빠는 늘 바빴다.

너와 함께할 수 있는 시간이 많지 않았지.

그래서일까? 늘 아빠는 너의 향기를 그리워했다.

너의 몸에서 나는 모든 냄새를 좋아했다. 심지어는 네 똥에서 나는 냄새까지도 말이야.

그날도 그랬어.

네가 갑자기 똥, 똥 하면서 끙끙거려서 근처 공터로 너를 데리고 갔던 거였어.

우리 딸 똥 냄새나 한번 맡아볼까?

그렇게 작정을 하고 있는데 그놈의 바람이 딸 똥 냄새를 앗아가버린 거야.

너를 놀리고 일부러 일그러진 표정을 지었던 것이란다.

"아휴 구려, 아휴 구려" 하면서, 너를 놀리기 위해서 말이야.

"딸 똥도 더러워?"

그래, 나는 이 말을 절대로 잊지 못한다. 너에게 들은 말 중에서 머릿속에 가장 오래 남아 있는 말이야.

왜 그런지 아니? "딸 똥도 더러워?" 하는 너의 말 속에서 아빠에 대한 너의 '무한한 신뢰'가 느껴졌기 때문이다.

아빠만은 딸의 모든 것을 받아줄 것이라는 네 그 믿음 말이야.

이 세상 모든 사람들이 나를 외면해도 아빠는 외면하면 안 돼!

이 세상 모든 사람들이 나를 의심해도 아빠는 의심하면 안 돼!

이 세상 모든 사람들이 나를 싫어해도 아빠는 싫어하면 안 돼!

이 세상 모든 사람들이 나를 배신해도 아빠는 배신하면 안 돼!

이 세상 모든 사람들이 나를 슬프게 해도 아빠는 나를 슬프게 하면 안 돼!

"아빠는 나를 버리면 안 돼…… 아빠만큼은."

너는 나에게 그렇게 이야기하고 있었어.

그래, 그때부터 아빠는 너의 그런 기대를 절대로 배신하지 않겠다고 다짐했던 것 같구나.

내 딸만은 절대로 배신하지 않겠다고.

나 때문에 네가 슬퍼하는 일은 절대로 없을 거라고.

아빠로 인해 네가 힘든 일만큼은 절대로 하지 않겠다고.

나는 너에게 있어서 '마지막 버팀목'이 되겠다고 다짐했단다.

너를 마지막까지 믿어주는 사람.

너를 마지막까지 사랑해주는 사람.

너를 마지막까지 받아주는 사람.

너의 욕을 마지막까지 들어주는 사람.

너의 근심을 마지막까지 헤아려주는 사람.

너를 마지막까지 지켜주는 사람.

누구보다도 멋지게 말이다.

딸, 너는 아니?

네가 나에게 불평을 하고, 막 대하고, 심지어 욕을 해도 나는 화가 나지 않았다.

이 세상에서 네가 마음 놓고 화를 낼 수 있는 사람, 막 대할 수 있는 사람, 욕을 마구 할 수 있는 사람, 그런 사람이 너에게 필요하다고 생각했었다.

아빠는 살면서 느꼈다.

아무리 친한 친구도, 존경하는 선생님도, 그 누구도 한 사람의 모든 것을 받아줄 수는 없다.

아빠는 말이야. 네가 초등학교에 가고, 중학교에 가고, 고등학교에 가고, 대학에 가고…… 그렇게 사회에 나가게 되어도 가장 편하게 화를 낼 수 있는 사람이 바로 나이길 원했어.

그래서 나는 네가 아무리 나에게 화를 내고 억지를 써도 괜찮았다.

'이 세상에 네가 마음대로 할 수 있는 사람, 그런 사람이 되자. 그래, 이 아빠가 모든 불평과 욕을 다 받아줄 것이다.'

그렇게 생각을 했던 거야.

그렇게 나 자신과 약속을 했던 거야.

내 딸의 그 둥글고 귀엽고 작았던 똥 때문에.

너를 키우면서 언제가 가장 행복했을까?
수많은 순간들이 너로 인해 행복으로 채워졌다.
가장 행복한 순간을 고르는 것이 힘들 정도로
너는 말로 표현할 수 없는 기쁨을 내게 주었단다.

딸, 그런데 말이다

마음에 걸리는 것이 하나 있다.

너에게 모든 약속을 할 수 있는데 딱 하나 마음에 걸리는 게 있다.

'죽음.'

바로 죽음이다. 아빠가 너보다 나이를 한참 더 먹었으니까, 아빠가 너보다 먼저 죽게 되지 않겠니?

그것을 운명이라고 할 수 있을 거다.

네가 아무리 열심히 나이가 들어도, 아빠를 따라잡을 수는 없을 거야. 나는 그만큼 더 멀어질 거다.

그렇지 않겠니? 인생이라는 걸 생각해보면 말이야.

그래, 나는 너보다 먼저 죽는다.

이 생각을 하니 걱정이 하나 생기더구나.

아빠로 인해 네가 슬퍼지는 일은 무슨 일이든 피하고 싶다고 했지?
그런데 그것만은 불가능하다는 생각이 든 거야.
아빠를 무던히도 아끼고 생각해주는 네 입장에서 아빠의 죽음만큼 큰 아픔이 또 있을까?
그런 생각을 하면 머릿속이 멍해지곤 했다.
내가 너보다 먼저 죽는 것,
그것은 너와의 약속을 깨는 일이기도 하다는 생각이 들더구나.
어떻게 하나, 무슨 일이 있어도 오래오래 살아서 네가 수명을 다하고 나서 내가 죽을 수는 없는 것일까?

죽음.
나에게 있어서 죽음의 두려움은 그런 것이었다.
나의 죽음으로 인해 네가 마음 아파하는 것, 그것이 나에게는 가장 큰 두려움이었다.

그래서 처음에 생각한 것이 '죽음 없는 이별'이었다.
죽음 없는 이별, 죽음만큼 치명적인 이별은 아마도 없을 것이기에 아빠는 그걸 생각하고 있었다.
그래서 내린 결론이 너에게서 '떠나는 것'이었다.

네가 올 수 없는 먼 곳으로 가서 영원히 사는 것, 네가 절대로 따라올 수 없는 먼 곳으로 가서 영원히 사는 것.

아빠는 그걸 생각했다. 아프리카나 알래스카, 남아메리카, 인도의 어느 작은 마을…… 너와 연락이 닿지 않는 곳에 가서 영원히 살자. 그곳에서 내가 죽더라도 네가 알지 못하게 하자.

그렇게 하면 네 가슴속에는 아빠가 영원히 남아 있겠지. 떠나기 전의 모습 그대로, 그렇게 연락을 기다리면서.

물론 아빠는 언젠가는 죽겠지. 언젠가는 너도 그 사실을 알게 되겠지.

너에게 나의 죽음을 절대로 알리지 않고, 네 마음속에 아빠가 영원히 살아 있게 하는 것은 지극히 비현실적인 생각이지.

그래도 나는 이렇게 이기적인 생각을 하곤 했단다.

"얘야, 부디 건강하게 지내도록 해라. 아빠는 아마도 다시 돌아올 수 없을 거야. 네가 절대로 찾아올 수 없는 오지에 가서 그곳의 사람들을 위해 봉사하다가 이 세상과의 이별을 맞이하마."

철부지 아빠는 그렇게 하면 네가 아빠의 죽음을 마주하지 않고도 아빠와 영원한 이별을 할 수 있을 거라고 생각했단다.

어쨌거나 아빠는 죽음이야말로 가장 큰 '배신'이라고 생각했다.

그렇지 않니. 아빠로 인해 마음 아파하는 일, 힘들어하는 일은 절대로 하지 않겠다고 했던 아빠가 죽어버리면, 그게 배신이 아니고 무엇이겠니?

절대로 너를 배신할 수 없다고 아빠는 생각했다.

아빠로 인해 네가 눈물을 흘리는 일만은 무슨 일이 있어도 막아야 한다고 생각했다.

멀리 멀리 떠나서, 너를 포함한 이 세상 누구도 알 수 없는 곳에서 '영원한 이별'을 하려고 생각했었다.

하지만 아빠를 지극히도 사랑하는 네가 평생 아빠의 안부를 걱정하면서 근심 속에서 살아갈 것이라는 데까지 생각이 미치니, 이런 철부지 계획은 취소했다.

딸, 그런데 말이다…….

오늘 나는 너를 배신한다

결론부터 얘기하겠다. 미안하구나.

오늘 나는 너를 배신하겠다는 이야기를 하려고 한다.

나로 인해 네가 슬퍼지는 일은 절대로 하지 않겠다고 결심했던 내가 배신이라는 말을 입에 올리게 됐구나.

미안하다.

그래, 지금 나는 죽음을 생각하고 있다.

너와의 지난 추억에 배신을 준비하고 있단다.

나는 이쯤에서 나를 '정리'하려고 한다.

나의 길지 않은 인생을 이쯤에서 마무리하고자 한다.

그래, 나는 '정리'라는 말을 썼다.

'정리'라는 말 속에서 '능동적'인 냄새를 너는 느낄 수 있니?

모든 것을 내 마음대로, 나의 의도대로 하고 싶다는 뜻이 느껴지지 않니?

나는 멋을 부리려고 하는 것인지도 모르겠다.

내가 내 인생을 마음에 들게 정리해서 마지막까지 멋을 부리려고 하는 것이야.

더 간단하게 말하면 멋지게 마무리를 하고 싶다는 것이지.

구질구질하게 마무리를 하는 것만은 피하고 싶다는 내 뜻이 담겨 있다고 보면 될 거야.

나는 어릴 적부터 그랬다. 구질구질한 것이 너무 싫었다.

자존심이 셌기 때문일까.

초등학교 때 나는 학교로 엄마가 오시는 것도 싫었다. 혹시 엄마의 모습에서 나의 약점이 잡히지 않을까 하는 걱정을 했거든. 또 엄마가 학교나 찾아다니는 '마마보이'라고 친구들이 생각하는 게 두렵기도 했어.

어쨌거나 나는 엄마가 학교에 오는 것을 무던히도 싫어했다.

나는 학교에서 도시락을 먹는 것도 싫어했다.

우리 집안의 모습이 밖에 드러나는 것 같았거든. 집에서 먹는 밥상에 반찬이 없는 것은 얼마든지 참을 수 있었어. 그러나 나는 친구들 앞에서

'가난한' 반찬을 드러내놓는 것을 싫어했다.

나는 친구들에게 거짓말을 했지.

나는 늘 밥만 먹었다. 밥만 먹다가 목이 막히면 물을 마셨다. 이도저도 귀찮아지면 밥을 물에 말아 훌훌 마셔버렸다.

그러는 나를 보고 친구들이 "너는 반찬은 안 먹니?" 하고 물으면 나는 "응, 나는 반찬을 싫어해" 하고 대답하곤 했어.

이 세상에 밥만 먹을 정도로 반찬을 싫어하는 사람이 있을까.

나는 그만큼 자존심이 강했다.

나는 내가 사람들 앞에서 구질구질해 보이는 것이 죽는 것보다 싫다.

특히 힘 있는 사람들, 돈 있는 사람들 앞에서 굽실거리는 것은 죽기보다 더 싫다.

내가 더 늙고 병들게 되어 병원에 드러누워서 다른 사람의 힘에 의존해 사는 것도, 돈이 없어 네게 신세를 지거나 사람들의 눈치를 보며 사는 것도 모두 싫다.

그래, 나는 어쩌면 나를 위해서 너를 배신하려고 한다.

chapter 3

너는 컸고,
나는 늙었으니까

언제부터였을까.
너는 자전거 뒷자리에서 아빠의 허리춤을 잡지 않았지.
그래도 나는 행복했다. 아빠의 뒷자리에 매달려 집으로 가는
네가 얼마나 귀엽고, 예쁘고, 고마웠는지 모른다.

그렇게 자전거도 늙어간다

너를 키우면서 언제가 가장 행복했을까?

수많은 순간들이 너로 인해 행복으로 채워졌다.

가장 행복한 순간을 고르는 것이 힘들 정도로 너는 말로 표현할 수 없는 기쁨을 내게 주었단다.

아마도 네가 고등학교에 들어간 뒤의 일로 기억이 되는구나.

정말 처절하게 살아야 하는 대한민국의 고등학생.

아빠는 가여웠다.

내가 사랑하는 딸이 아침부터 밤늦게까지 학교에 붙잡혀 있어야 한다는 게 마음 아팠다.

아빠는 우리나라 교육제도를 정말 싫어한다.

저마다 가진 능력을 키워주고, 개성을 살리는 교육이 아니라, 모든 아이들에게 똑같은 교육을 시키는 우리나라의 교육제도에 염증을 느꼈다.

아빠는 그 교육제도에 정면으로 도전하지는 못했다.

마음만 먹으면 대안학교나 농촌 학교 등 새로운 교육제도를 고를 수도 있었지만, 말만 앞섰지.

아빠는 그냥 보통의 고등학교에 너를 보냈다.

대학 입시 방법을 배우는 인문계 고등학교에 다니는 너를 보면 미안했고, 가슴이 아팠다.

아빠는 네가 야간 자율학습을 마칠 때마다 너를 마중 나갔다. 앞에 바구니가 달린 빨간 자전거를 타고 말이야.

학교 인근 골목에서 기다리고 있다가, 먼발치에서 어깨를 축 늘어뜨리고 학교를 나서는 너를 보면 늘 안쓰러운 마음이 생기더구나.

아빠는 너를 자전거 뒤의 짐받이에 태웠다.

너하고 나의 몸무게를 합하면 백 킬로그램은 너끈히 넘는데도 자전거는 잘도 달렸지.

아빠와 네가 자전거를 함께 타는 시간은 길어야 이십 분 정도.

그 순간이 아마도 아빠가 가장 행복했던 순간이 아닐까.

그러고 보니 행복한 순간은 고맙게도 삼 년 내내 지속됐구나.

아빠는 운전하고, 너는 짐받이에 타고.

이때 너와 아빠의 거리가 가장 가까워지는 느낌이 들었다.

그 거리라는 게 물리적인 거리를 의미하는 것이지만, 사실은 심리적인 거리도 그만큼 가까워졌다는 생각을 하곤 했다.

너는 학교에서 있었던 일을 아빠에게 시시콜콜 이야기하는 애는 아니었다.

뭘 물어봐도 간신히 대답을 하는 정도였지.

어떤 때, 그러니까 네 기분이 좋지 않을 때는 아예 이어폰으로 음악을 듣고 있었기 때문에 아빠 말은 들리지도 않는 것 같더구나.

언제부터였을까.

너는 자전거 뒷자리에서 아빠의 허리춤을 잡지 않았다.

그래도 나는 행복했다.

아빠의 뒷자리에 매달려 집으로 가는 네가 얼마나 귀엽고, 예쁘고, 고마웠는지 모른다.

아빠와 한 배, 아니 한 자전거를 탄 동지. 아마도 이 세상에서 가장 든든하게 믿을 수 있는 사람. 그런 게 아닐까?

때로 너는 자전거에 탄 상태에서 아빠에게 신경질을 부리기도 했다. 신경질 내는 건 누굴 닮았는지. 물론 나나 네 엄마를 닮았겠지만.

아무튼 아빠가 별로 잘못한 것도 없는데, 묻지 말아야 할 것을 물은 것도 아닌데 너는 신경질을 버럭 내곤 하더구나.

'그래, 우리 딸이 이 세상에서 자유롭게 신경질을 낼 수 있는 사람이 아빠 말고 누가 있을까?'

아빠는 그랬다. 그래야 했다.

'아마도 우리 딸이 친구들에게도 마음 놓고 신경질이나 화를 못 내겠지. 이 세상에 친구들에게 아무렇게나 화를 낼 수 있는 사람이 있을까? 그래, 밖에서 스트레스 받는 것이 있으면 아빠에게 마음껏 풀어라.'

아빠는 네가 마지막까지 의지할 수 있는 언덕이 되고 싶었다.

그러면서 이런 생각을 했단다.

'힘들면 오렴. 친구와 싸워서 힘들면 아빠를 찾아오렴. 면접에서 자꾸 떨어져도 아빠를 찾아주렴. 시집 가서도 남편과 다툴 수 있지 않겠니? 그때도 아빠 곁으로 오렴. 그런 일이 있어서는 안 되겠지만, 그럴 일은 없겠지만, 만에 하나, 네가 이혼이라도 하게 된다면 주저 없이 아빠를 찾아오렴.'

아빠는 그렇게 자전거 페달을 열심히 밟았다.

다 큰 너를 자전거에 태우고 언덕길을 오르는 것은 결코 쉽지 않은 일이었지만, 아빠는 그때 스스로도 알 수 없는 힘이 솟아나는 것을 느끼곤 했단다.

너를 자전거 뒤에 태우면 가끔 너는 아빠를 꼭 붙잡고는 했지.
그때의 편안함이란. 그때의 그 안온함이란.

어릴 적에는 아빠가 너를 안고 다니고, 업고 다니고 때로는 함께 구르기도 했다.
그러나 네가 한 살 한 살 먹어, 중학교에 들어가고 또 몇 살 먹어 고등학교에 다니기 시작한 뒤로는 그게 어려워지더구나.
시간이 얼마나 밉던지.

너는 여전히 아빠의 아기였다.
네가 중학교에 가나, 고등학교에 가나 너는 여전히 아빠의 아기였다.
그래서 가끔 머리도 만지고, 등도 만지곤 했는데, 점점 네가 싫어하는 표정을 짓기 시작하더구나.

"아빠 변태야?"
"그래 변태다. 내 딸을 만지는 것도 변태냐?"

그런 대화가 참으로 많았지. 점점 날카로워지는 네가 어려워, 아빠는 네 머리조차 만질 수 없었다.

그런 상황에서 네가 내 등 뒤에 앉아 집으로 가는 상황은 즐거울 수밖에 없었다.

자전거가 다시 찾아준 아빠의 행복이라고나 할까?

그렇게 언덕길을 올라 다시 내리막길을 달리다 보면 어느덧 뚱해 있던 너도 빙긋이 웃고는 하더구나.

시원한 바람이 볼을 스쳤을 거다.

가로등이 켜져 있었을 거고, 늦은 시간 퇴근하는 사람들도 있었겠지.

그리고 네 앞에는 나름 듬직한 아빠의 등이 있었을 거다.

아마도 그게 우리 딸의 마음을 스르르 녹였나 보다.

아빠는 그렇게 내 생에 가장 행복한 질주를 했단다.

그렇게 세월이 흘렀다.

일 년이 지나고, 이 년이 지나고, 삼 년이 지났다.

너는 졸업을 했고, 스무 살이 되었다.

네가 졸업을 하고 나서는 아빠가 너를 태우고 자전거를 탈 수 있는 기회는 거의 없었다.

너는 컸고, 나는 늙었으니까.

그렇게 자전거도 늙어갔다.

내 마음은 늘 한쪽 구석에 놓인 자전거의 짐받이를 비워놓고 있었지만,

네가 다시 거기에 오르기는 쉽지 않아 보이더구나.

아직도 아빠는 꿈을 꾼다.
때로는 다투면서, 때로는 깔깔 웃으면서, 우리 딸과 함께 다시 자전거를 타는 꿈을.

딸, 다시 갈 수 없는 그 시간에 가슴이 미어진다.

그때는 몰랐던 것

'러브 이즈 터치'라고 그랬나? 몸을 부대끼며, 몸을 서로 만지면서 사랑을 느끼고 키워간다는 얘기겠지.

부모와 자식 사이의 사랑에서 터치는 어떤 역할을 할까?

아동심리학자들은 어릴 적에 어머니와 갖는 스킨십은 그 무엇과도 바꿀 수 없는 소중한 경험이라고 강조하더구나.

말이 통하지 않는 어린아이들에게 부모는 스킨십으로 사랑을 전달할 수밖에 없다.

엄마와의 스킨십은 아이가 자라면서, 혹은 어른이 되어서까지 엄청나게 많은 영향을 끼친다고 한다.

엄마의 사랑을, 그리고 아빠의 사랑을 몸으로 느끼면서 '내 곁에는 늘 나의 부모가 있다'는 안정감을 느끼게 된다고. 접촉을 하는 과정에서 부모의 체취도 느끼고, 그것을 통해 자신의 존재감을 느끼게 된다고도 하더라.

일을 한다는 핑계로 정신없이 살았다.

내가 어린 너를 안으면서 사랑을 나눌 수 있는 기회는 많지 않았다.

육아의 많은 부분은 네 엄마에게 맡기고 돈을 번다고 밖으로만 돈 것이 아빠의 인생이었잖니?

그 인생, 그게 도대체 무엇이었을까.

어릴 때, 너는 밤잠이 없었다.

낮에 자고 밤에 깨어 있는 경우가 많았지.

밤에도 그냥 누워 있는 것이 아니라 엄마나 아빠가 너를 안거나 업고 있어야 울음을 그치곤 했다.

가끔 아빠가 너를 안아주면 너는 헤죽헤죽 웃으면서 아주 좋아했다.

그 모습이 아직도 눈에 선하구나.

밤늦게 들어오는 아빠는 그런 너를 오래 안아줄 수가 없었어.

다음 날 아침 일찍 집을 나서야 했기 때문에 집에 들어오면 너를 보는 둥 마는 둥 하고는 서둘러 잠자리에 들었단다.

대신 네 엄마에게 너를 돌보는 일을 맡겼다.

'내일 출근해야 한다'는 변명으로 옆방에서 잠자리에 누우며 '내일 또 나가서 돈을 벌어 와야 하니까…… 하며 스스로를 변명했지.

그때 조그만 아기였던 너는, 아마 내 품에 안기길 원했겠지.

아빠가 그리웠겠지.

내 품에 안기면 그렇게 행복해했는데 아빠는 돈을 번다는 핑계로 귀찮다고, 피곤하다고 피한 것은 아니었을까?

지금 와서 생각해보니 그런 소중한 순간들을 놓친 내가 어리석게 느껴지는구나.

그때 모습은 그때뿐이란 걸 미처 몰랐던 거야.

초등학교에 들어가기 전만 해도 네가 아빠를 성가시게 했던 거 기억나니?

너는 바로 앞에 가는데도 두 팔을 벌리며 "아빠, 안아줘" 하고 말했다. 그 모습이 귀여웠지만 아빠는 그때마다 너를 힘차게 안아주지는 못했다.

조금 안고 가다 "아빠 너무 힘들다. 걸어갈까?" 하면서 슬며시 너를 내려놓곤 했다.

너를 안고 가는 게 그렇게 뿌듯할 수가 없었어.

네 볼에 뽀뽀도 하고 때로는 네 엉덩이를 물어뜯기도 하고 말이야.

네 엉덩이의 토실토실한 살을 꼬집기도 하고, 살짝 때리기도 했다.

어느 날부터 반응이 변했다.
갑자기 아빠가 '변태'가 되기 시작한 거야.
네 엉덩이를 살짝 만지거나, 때리기라도 하면 너는 "아빠 변태, 변태" 하면서 달아나버렸어.

터치를 허용하지 않게 된 거지.
중학교에 들어가고 나서 너는 아빠의 터치를 거의 허용하지 않았다.

어느 날 너와 단둘이 길을 걷게 되었다.
그날따라 너는 학교생활을 조잘조잘 들려줬다.
학교생활, 특히 친구들과의 관계를 아주 멋지게 하는 네가 그렇게 예쁘고 기특할 수 없더구나.

"그래, 재미있겠구나. 고등학교 때가 인생에서 가장 좋은 때다. 나중에 후회하지 말고 마음껏 놀고 친구들도 많이 사귀도록 해라."

아빠는 그렇게 말했다.
그 말이 통했을까, 갑자기 너는 아빠의 팔짱을 꼈다.
나는 혹여나 네가 팔을 빼기라도 할까 겁이 나서 팔을 석고처럼 꼼짝 않고 있었단다.

오랜 세월 잊고 있던 너의 향기가 나의 코로 전해져왔다.

제법 어른의 냄새로 변해 있더구나.

샴푸 향기, 로션 향기…… 그러나 아빠만 알 수 있는 너의 냄새.

내 어린 딸의 냄새는 여전했다.

네가 아빠의 새끼라는 사실을 가장 명확하게 알려주는 너의 냄새가 내 코를 찔렀다.

행복했다.

내 새끼와 팔짱을 끼고 걷는 그날의 짜릿함을 나는 지금도 잊을 수 없다.

그날 이후 너는 가끔씩 아빠와 팔짱을 껴주곤 했다.

지나가는 사람들에게 이 아이가 바로 내 딸이라고 이야기해주고 싶을 정도로 자랑스러웠다.

가끔 아는 사람이라도 만나면, 어깨를 으쓱하면서 "제 딸예요" 하고 자랑하기도 했다.

가끔 장난기가 발동해 네 엉덩이를 툭 치곤 했어.

그때마다 너는 "아빠 미쳤어? 아빠 변태야?"라며 내 팔을 퍽퍽 때리기도 했지만 아빠는 일부러 태연히 말했다.

"내 딸 내가 만지는데 누가 뭐래?"

"아빠 미국 같았으면 벌써 체포됐거든."

그래도 아빠는 기분이 좋았고, 힘이 났다.
너의 팔짱은 아빠에게 격려였고 아빠의 존재에 대한 인정이었다.
그래, 너의 팔짱은 그런 의미를 갖고 있었다.

오래 전 아빠는 생각을 했다.
내가 죽을 때 누가 내 곁을 지켜줄까.
우리 딸, 그래 든든한 우리 딸이 내 옆을 지켜주겠지.

그냥 보기만 해도 힘이 솟는 내 딸아.
내가 사랑하는 딸아.
네가 내 손을 잡아준다면 아무런 두려움도 없이 떠날 수 있겠지.
생각해보면 그때 나는 이미 약해져 있었다.
아무튼 그렇다.
앞으로의 이야기는, 그 모든 추억과 고민들은 지금과 같은 결심을 하기 전의 얘기가 되겠구나.

나는 때로 지치고 힘들면
이 드라마를 보면서 용기를 얻고는 했다.
드라마에 딸을 시집보낸 아빠가 밤새 술을 마시며
울다가 또 웃다가 잠이 드는 장면이 나온단다.
아빠는 그 장면을 보고 그날 정말 많이 울었다.

딸의 결혼식

아빠는 감정적인 사람이 아니었다.

웬만한 일에도 쉽게 감동을 하지 않고, 동요하지 않았지.

어렸을 때부터 들었던 "남자는 울면 안 돼" 이런 말 때문이지 않을까.

어른이 되면서, 내가 그나마 갖고 있던 감성마저 더욱 메말라간다는 느낌이 들 때도 종종 있었다.

아마도 세상을 살아가면서 감정이 무뎌지기 때문이 아닐까.

세상을 살면서 너무 많은 일을 겪다 보니, 마음에 굳은살이 박이듯 소소한 슬픔과 기쁨에는 반응을 하지 않게 된 거겠지.

그랬던 나의 눈물샘을 자극했던 게 하나 있어.

그건 드라마나 영화에서 나오는, '딸을 시집보내는 장면'이다.

시집을 가게 된 딸이 결혼식 전날이나 당일 아침에 아빠에게 절을 하거나, 가볍게 포옹을 하면서 "엄마 아빠, 그동안 감사했어요" 하고 말을 하는 장면, 그 장면이 특히 내 마음을 울리고는 한단다.

딸의 얼굴과 눈을 정면으로 보지 못하고 눈시울을 붉히는 드라마 속의 아빠를 볼 때, 아빠는 주책없게 눈시울을 붉혔지.

마음이 저렸어.

딸의 팔짱을 끼고 식장에 들어가는 아빠, 결혼식장에서 눈물을 훔치는 아빠, 딸의 결혼식을 마치고 집에 돌아와 딸의 방문을 열어보는 아빠.

그런 아빠를 볼 때마다 '머지않아 나에게 닥쳐올 일인데……' 하며 슬며시 눈물을 짓고는 했다.

언젠가 너와 네 엄마가 외갓집에 간 날이었다.

그날따라 귀가가 일렀던 아빠는 조용한 너의 방에 들어가봤다.

벽에 붙어 있는 유치원 졸업식 사진 속의 네가 수줍게 웃고 있더구나.

'그래 저런 때도 있었지.'

책상을 보니 조그만 액자에 아빠와 나들이 갔을 때 찍은 사진 한 장이 걸려 있더구나.

그 사진을 정말 오랫동안 들여다봤다.

연예인 포스터가 있을 만도 한 자리에 우리가 함께 찍은 사진을 여태 걸어 놓아 준 네가 고마웠어.

사진 속 그날은 너와 아빠가 단 둘이 떠난 첫 나들이 때였지.
네가 유치원에 다닐 때로 기억이 되는구나.
나는 그때 네가 정말로 많이 컸다는 생각을 했단다.

예나 지금이나 아빠는 아무런 생각이 없는 사람이지.
김밥 하나를 먹어도 흘리고, 누가 준비해주지 않으면 제대로 먹을 줄도 모르는 어설픈 면이 있어.
하지만 고작 유치원생이었던 너는 정말 완벽했다.
아빠와 함께 돗자리를 펴고 앉으니, 네가 도시락을 열고 젓가락까지 챙겨주더구나.
아무 생각 없이 먼 곳을 바라보고 있던 아빠에게 "아빠, 점심 먹어!" 하고 부르던 생각이 나는구나.
다른 아빠들은 아들이나 딸을 위해 점심 먹을 자리를 준비하고 있는데, 너는 아빠를 위해 자리를 준비해줬다.

너의 사진을 보다가 아빠는 비디오를 켰다.
갑자기 드라마 한 편이 보고 싶어졌기 때문이다.
아내와 이혼한 주인공이 아들, 딸을 데리고 고향에 내려가 사는 얘기를 다룬 '귀향드라마'였다. 아빠와 아이들이 주고받는 사랑을 감동적으로 그린 드라마란다.
나는 때로 지치고 힘들면 이 드라마를 보면서 용기를 얻고는 했다.

드라마에 딸을 시집보낸 아빠가 밤새 술을 마시며 울다가 또 웃다가 잠이 드는 장면이 나온단다.

아빠는 그 장면을 보고 그날 정말 많이 울었다.

너와 엄마가 옆에 있었다면 창피해서 제대로 울 수 없었겠지만, 그때는 집이 비어 있었기 때문에 눈물을 뚝뚝 흘리며 마음껏 울었다.

어디로 사라지는 것도 아니고, 먼 나라로 떠나는 것도 아니고, 고생하러 가는 것도 아닌데.

게다가 지금 당장 내 딸이 결혼을 하는 것도 아닌데 말이야.

왜 눈물이 났을까.

딸이 서른이 되도록, 마흔이 되도록 결혼을 못하다가 시집을 가게 됐다 해도 울었을까. 속이 시원하거나 한편으론 안심하지 않을까.

아빠는 그때 알았다.

그건 너무나도 단순한 울음이었다는 것을.

헤어짐이 싫어서, 그동안 품에 넣고 있던 자식을 꺼내놓기가 싫어서, 너와 함께한 사소한 추억까지 떠올라서.

처음 눈을 뜨고, 처음 몸을 뒤집고, 걸음마를 하고, "아빠" 하고 처음 입을 열었던 그런 시간들이 떠올라서.

그래서 흘린 눈물이라는 것을.

그건 내가 흘릴 수 있는 가장 순수한 눈물이었어.

너는 나를 어린아이로 만들 수 있는 유일한 존재란다.

딸이 보다 행복한 곳으로 가서, 행복한 미래를 시작하게 될 것이라는 것을 알면서도, 그것을 이해하는데도 딸이 아빠 곁을 떠나는 것이 싫어서, 앙탈을 부리는 것이지.

진짜 내 딸이 시집을 가는 것도 아니고, 단지 드라마에서 딸을 시집보내는 아빠를 보면서 호들갑을 떨었다.

혼자서 말이야.

그날 아빠는 눈이 퉁퉁 붓도록 울다가, 울다가, 그림을 하나 그렸다.

아빠가 혼자 있을 때면 종종 그림을 그리는 것은 잘 알고 있을 거다.

우리 집 거실에 있는 유화가 바로 그때 그린 거란다. 너와 네 엄마가 집을 비운 날, 밤을 새워 그린 것이란다.

딸아, 그 그림을 앞으로는 네가 보관해주겠니?

누구 딸?

"누구 딸?"

"네 딸."

한동안 아빠는 너와 이런 대화를 나눴다. 나는 너에게 '아빠에게 반말하는 법'을 가르쳤다.

아빠는 말도 안 되는 제안을 먼저 했다.

"이제부터 아빠가 누구 딸이냐고 물으면 '네 딸'이라고 해" 하고 말이다.

"너는 누구 딸이니?"

"네 딸이지, 누구 딸이야."

눈에 넣어도 아프지 않다는 말.

자식을 낳아 키워보면 알 거다.

자식을 키워보기 전까지는 이 말을 이해할 수 없다.

아빠도 너를 만나기 전까지는 이해할 수 없었다.

이기적인 말처럼 들릴 수 있겠지만, 너는 나의 일부란다.

그래 이 땅의 수많은 엄마, 아빠, 할머니, 할아버지에게 그들의 아들, 딸이나 손자, 손녀가 그렇듯이 너는 이 아빠에게 눈에 넣어도 절대로 아프지 않은 딸이야.

아빠는 사랑스러운 너와의 거리를 최대한 좁히기 위해 노력했다.

특히 우리 사이에 있는 장벽을 가능한 없애기 위해 애를 썼다.

그중 하나가 어른과 아이 사이의 대화에서 장벽을 없애는 것이었다.

좋은 방법이었는지 알 수 없지만 내 딴에는 기가 막힌 아이디어라고 무릎을 쳤지.

나는 우리의 대화에서 오는 언어 장벽을 과감하게 없애버리고자 했다.

그래서 아빠는 너에게 반말을 가르쳤다.

그것도 아주 도발적인 반말을 말이다.

아빠에게 '너'라고 지칭하는 것은 우리나라에서는 절대로 있을 수 없는 일이지.

네가 아빠와 대등해지기를 원했다.

너와 아빠 사이의 모든 장벽을 없애고 하나가 되길 원했다.

그래서 아빠에게 '감히' 너라는 용어를 쓰도록 허락한 거다.

물론 아빠에게 아무 때나 너라는 말을 쓰도록 한 것은 아니다.

누구 딸? 하고 물을 경우에만 "네 딸"이라고 대답하도록 허락한 거지.

아빠는 사람들 앞에서 네가 나에게 '너'라는 표현을 쓰는 것을 자랑스럽게 생각했단다.

우리의 신뢰와 사랑을 보여주는 것 같은 생각이 들었기 때문이지.

이렇게 보니 내가 참 유치하게 느껴지기도 하는구나.

너는 한 번도 아빠를 실망시키지 않았다.

너는 자주 나에게 화를 내고 떼를 썼지만, 결코 아빠에 대한 마지막 예의까지 무너뜨리지는 않았다.

너는 이 세상 어떤 아이보다 예의 바르게 컸고, 이 세상 누구보다 부드러운 언어생활을 했다.

반말을 통해 쌓은 아빠와 딸의 정.

이 세상 그 누구도 이해하지 못하겠지?

아빠는 아빠의 엄마, 그러니까 네 할머니에게 늘 '엄마'라고 불렀다.

나이가 사십이 되고, 오십이 되어 엄마라는 말을 '어머니'라는 말로 바꿔야 한다는 생각을 하면서도 끝내 그렇게 하지 못했다.

가끔 사무실에서 할머니께 전화를 할 때도 나는 엄마라는 용어를 썼다. 다른 사람들은 대부분 '어머니'라고 불렀지만, 아빠는 늘 네 할머니를 '엄마'라고 불렀다.

그 이유를 아니?

아빠도 처음 사회생활을 시작해 결혼을 하고 나서 네 할머니를 어머니라고 부른 적이 몇 번 있었다.

그런데 왜 그렇게 쑥스럽고 거리감이 느껴지던지.

마치 엄마와 타인이 된 느낌이 들더구나.

형식적인 관계, 지극히 남남인 것 같은 느낌이 들어 도저히 더 이상 이어나갈 수가 없더구나.

그래서 아빠는 어머니라는 호칭을 완전히 포기했다.

엄마를 잃지 않기 위해서는 엄마라는 말을 포기해서는 안 된다는 생각까지 들더구나.

아빠의 생각이 조금 유치한지도 모르겠다.

그러나 말 한마디에 관계와 분위기는 달라진다.

아빠는 할머니에게 늘 엄마라고 부른 것처럼 네게 아빠를 너라고 부르도록 한 거다.

딸아, 너는 내 방법이 마음에 들었니?

그걸 미처 묻지 못했는데…….

둘만의 여행

우리 둘만의 여행은 아빠의 가슴을 두근거리게 했다.

오래 준비한 여행이었지.

네가 중학교 이학년 때였다.

아빠는 한참 전부터 너와 단둘이 떠나는 여행을 꿈꿔왔다.

아이엠에프의 여파로 결코 쉽지 않은 생활을 이어갔지만, 여행을 위해 오랜 시간 돈을 모았단다.

우린 어느 낯선 곳에서 기차를 탔다.

내색하지 않았지만 가슴이 벅찼단다.

내 딸이 내 옆에 있다.

게다가 내가 좋아하는 기차가 있다.

너는 어쩐지 힐끔힐끔 내 표정을 살피더구나.
그 기차 안에서 삼각김밥을 먹었지.
너는 불고기 맛을 좋아했고, 나는 고추장 맛을 좋아했다.

그런데 거기서부터 상황은 역전되었다.
아빠는 너를 데리고 여행을 떠났다.
그런데 어느 순간부터 네가 나를 데리고 여행을 하기 시작한 거야.
아빠는 삼각김밥의 포장을 벗길 줄 몰랐다. 첫 삼각김밥의 포장을 벗기다가 밥 덩어리를 흘리곤 했다.
"어이구. 내가 미쳐."
너는 아빠의 삼각김밥을 가져다 포장을 말끔하게 벗겨줬다.
"이렇게 먼저 벗기고, 옆으로 당기면 된다고."
너는 핀잔을 했지만, 아빠가 귀엽다는 표정이었다.
"그것도 하나 못 하느냐"고 질책하면서도, 너는 제법 어른스러운 손짓으로 김밥을 건네줬다.

아빠는 김밥을 먹다가 몇 번씩이나 밥알을 흘렸다.
"아빠!"
네가 눈을 흘겼다.
"내가 아빠 때문에 미쳐."
너는 휴지로 테이블을 닦으면서, "아빠, 이거는 입에 바짝 대고 먹지 않으면 떨어지거든."

네 타박은 늘 그런 식이었다. 문득 시선이 마주친 너에게서 아빠를 향한 아득한 안쓰러움이 보인 건 기분 탓이었을까.

뜨거운 여름이었다. 기차에서 내리니, 팔월의 태양이 뜨거웠다.

광장이 끓고 있었다. 그때 네가 어지럽다고 했다.

택시를 기다렸으나 오지 않았다. 길이 막히는 것 같았다.

가방을 들었다. 네 가방과 내 가방을 모두 내가 들었다.

"아빠 괜찮아?"

"그럼!"

힘이 들었다. 땀이 났다. 목적지까지 가기 위해 삼십 분을 걸었다.

걷는 것밖에는 방법이 없었다.

네가 계속 물었다.

"아빠 괜찮아?"

"그럼."

우리 딸이 참 많이도 컸구나.

몹시 더운 날이었다. 불볕더위가 대지를 달구고 있었지.

한창일 때는 괜찮더니, 아빠도 그날따라 힘들더구나.

인정하고 싶지 않았지만, 내가 늙었다는 것을 인정할 수밖에 없었다.

우리는 물을 마셔대며, 숙소를 찾아 걸었다.

그때였다. 네가 다시 어지럽다고 했다. 겁이 났다. 더위를 먹은 것 같았다.

간신히 숙소에 도착해 짐을 풀었지만, 너는 회복되지 않았다.

조금 짜증이 난 것 같기도 했지만 누운 채로 아무 말이 없더구나.

저녁이 되었다. 네 몸 상태는 많이 나아졌지만, 불만이 가득한 얼굴이더구나.

친구도 아닌, 아빠와 함께하는 여행이 그렇게 기분 좋지는 않았겠지만, 아빠는 약간 서운했단다.

지역의 유명한 축제가 시작된다고 했다.

너에게 말했다.

"같이 갈까?"

"아니, 아빠 난 못 가."

"왜, 천천히 다녀오자."

하지만 너는 방에서 TV를 보겠으니 아빠나 다녀오라고 했다.

"그래, 쉬고 있어라."

아빠는 많은 여행자들이 뒤섞여 있는 민박에서 만난 늙은 폭주족 아저씨와 함께 집을 나섰다.

너만 남기고 가기가 개운하지는 않았지만, 축제에 기울어버린 아빠의 욕심이 앞섰던 거지.

화려한 축제가 벌어지고 있었다.

정신없이 사진을 찍고, 여기저기 돌아다녔다.

폭주족 아저씨는 집을 나선 지 육 개월째 된다고 했다. 그도 축제의 열기에 푹 빠져 있었다.

아빠는 아저씨와 즐겁게 이야기를 하며 축제장을 누볐다.

네 생각은 잊고 있었다.

화려한 불꽃놀이를 끝으로 시내는 조용해지기 시작했다.

사람들은 귀가를 서두르고 있었다. 폭주족 아저씨도 숙소 쪽을 향하고 있었다.

'어? 어디 갔지?'

내 딸, 내 딸이 곁에 없다는 생각이 들었다. 숙소에 혼자 내버려두고 온 것이 떠올랐다.

"아이쿠!"

숙소에는 너 말고 남자만 있다는 생각이 들었다. 중학교 이학년이라고는 하지만, 이미 어른 키보다 훌쩍 커버린 네가 떠올랐다.

거의 뛰다시피 숙소로 돌아왔다. 눈물이 핑 돌았다. 내가 이럴 수가, 어떻게 내가 딸을 놔두고 혼자 나설 수 있을까.

문을 드르륵 열고 방으로 들어가자, 네가 팔베개를 하고 TV를 보고 있었다.

나갈 때와 똑같은 포즈였다. 똑같은 표정이었다.

"아빠, 재미있었어? TV 되게 재밌다."

"어…… 잘 있었어?"

아빠는 그날 너와 함께 여행을 하기 위해 많은 것을 계획했다.

아빠, 엄마와 늘 같은 공간을 쓰던 네가 언젠가부터 너만의 공간을 만들고 있더구나.

처음에는 아빠와 엄마 사이의 공간을 차지하고 자던 네가, 어느 순간부터는 아빠, 엄마 침대 바로 옆으로 가더니, 끝내 너만의 공간인 네 방으로 가버리더구나.

'이 아이가 더 크면 어렵겠구나.'

그래서 떠나기로 한 거란다.

더 늦게 전에 딸과 단둘이서 여행을 떠나자.

여행 기간 내내 너는 늘 아빠보다 먼저 잠이 들었다.

아빠는 그런 너의 얼굴을 보면서 불을 껐다.

너의 몸에서 아직 나는 아기 냄새, 그 옛날 네가 아기였을 때 그 이부자리에서 나던 젖 냄새. 그런 냄새가 떠올랐다.

내 착각일지 모르지만 여전히 네 몸에서는 아기 냄새가 났다.

네가 아기일 때 생각이 났다.

너의 옅은 하늘색 이부자리, 그 위가 온 세상이기라도 한 듯 꼼지락거리며 환하게 웃던 너.

여행 내내 아빠는 너보다 먼저 깨어났다.

여독 때문인지 너는 좀처럼 잠에서 깨지 않았다.

잠든 너의 얼굴을 보며 생각했다.

딸과 단둘이 또 여행을 할 기회가 있을까.

이 세상에 아빠와 함께 긴 여행을 떠나 주는 딸이 몇 명이나 될까.

하룻밤은 기차 신세를 졌다.

낯선 어느 역에서 만난 불량소녀들을 기억하니? 역사에 몰려 앉아 담배를 피우고 떠들어대는 그들을 보면서 네가 뭐랬는지 아니?

"노는 애들인가봐. 노는 애들은 어디나 똑같네."

'안 놀아줘서 너무 고마운' 너의 손을 잡고 밤기차에 올랐다.

우리는 의자의 등받이를 있는 대로 뒤로 눕힌 뒤 잠을 청하기 시작했다.

네 표정에는 아무런 걱정도 불안도 불편함도 없었다.

가끔씩 "아빠, 왜 안 자?" 하고 물으며 뒤척였지.

아빠는 달리는 차창에 비친, 너와 나의 모습을 보며 이런 생각을 했단다.

"이번 여행은 대성공이야."

다음에 또 이런 여행을 할 수 있을까. 그런 생각을 하며 아빠도 잠이 들었다. 내가 얼핏 잠에서 깨었을 때 너는 차창 밖의 먼 데를 보고 있더구나. 그때 너는 무슨 생각을 하고 있었을까.

아빠가 너와 이런 여행을 즐길 수 있는 기회는 두 번 다시 찾아오지 않았다.

그게 마지막이었어.

그래도 아빠는 아빠인가보다.

이래도 좋고, 저래도 좋다.

너는 이래도 예쁘고, 저래도 예쁘다.

처음에는 아빠와 엄마 사이의 공간을 차지하고 자던 네가,
어느 순간부터는 아빠, 엄마 침대 바로 옆으로 가더니,
끝내 너만의 공간인 네 방으로 가버리더구나.
'이 아이가 더 크면 어렵겠구나.' 그래서 떠나기로 한 거란다.
더 늦게 전에 딸과 단둘이서 여행을 떠나자.

너는 그렇게 어른이 되었다

첫 이별이었다.

네가 고등학교를 마치고 보다 큰 세상으로 떠나던 그날, 아빠는 마음이 참으로 심란했다.

너와 이 주일 이상 떨어져 살아본 적이 없는 나에게, 너의 부재는 큰 상실감으로 다가왔다.

네가 떠나던 날 나는 네 눈을 볼 수 없었다.

아빠는 참았다.

네가 떠나고 난 날 너에게 문자가 왔다.

"아빠 걱정 마. 아빠 딸, 다 잘할게."

아빠는 답장을 썼다. 아마도 네가 문자를 쓰기 위해 소비한 시간의 다

섯 배는 걸렸을 거다.

"우리 딸 멋지게 승부하는 거야. 허허벌판이지만, 비바람이 불어칠 테지만, 당당하게 승부하는 거야."

고작 이 말을 해주기 위해서 말이야.

그날 저녁 엄마와 아빠는 몇 번씩이나 현관문을 봤다.

네가 불쑥 집 안으로 들어오는 느낌이 들어서 깜짝깜짝 놀라곤 했다.

네 방에 들어갔다.

여기저기에 너의 사진이 붙어 있었다.

네가 가장 좋아하던 그 인형도 침대 위에 그대로 놓여 있었다.

눈물이 핑 돌더구나.

네가 보던 책을 봤다. 책에서 네 냄새가 났다.

책상 밑에 뒹굴던 연예인 브로마이드가 보였다.

"까짓 거 벽에 붙이게 해줄걸."

그런 생각이 들었다. 아빠는 참으로 인색했다.

어렵게 마련한 집이었기 때문일까.

아빠는 집을 정말로 소중하게 다뤘다. 가족들에게 단 하나의 못도 박지 못하게 했다.

아빠가 너를 맨 처음 야단친 것도 따지고 보면 집 때문이었다.

아빠 인생에서 처음으로 산 집이었다.

정말 어렵게 마련한 집이었다.

아빠 인생에 이렇게 말끔한 집에서 살아본 적이 없었다.

집을 사서 이사를 하던 날, 얼마나 기분이 좋았는지 잊히지 않는구나.

그런데 하필 그날, 아빠는 정말 난감했다.

네가 크레파스로 새 집의 거실 벽에 커다랗게 낙서를 했던 거야.

아빠는 심통이 났어. 꼭 장난감을 빼앗긴 사내아이처럼 말이야.

그래서 너에게 처음이자 마지막으로 매를 들기까지 했다.

대체 왜 그랬을까?

집이 뭐 대수라고. 지금 생각해보면, 그 하얀 벽지는 너에게 큰 캔버스나 도화지였는지도 모르겠구나.

딸아, 아빠가 미안하다.

벽이 뭐라고, 그깟 벽을 지키기 위해 너와의 사이에 벽을 만들었던 건 아닌지 후회가 된다.

네가 없는데도 시간은 잘도 흘렀다.

하루하루 날짜가 바뀌었다.

'큰 세상에는 익숙해졌을까. 친구는 새로 사귀었을까. 돈은 떨어지지 않았을까. 작은 세상에서 왔다고 무시는 안 당했을까.'

그런 게 자꾸 걱정이 되었다.

그러던 어느 날 전화가 왔다.

"아빠, 나야."

"응, 친구는 사귀었니?"

"응."

"돈은 있니?"

"응."

"누구 딸?"

"아빠는 내가 몇 살인데 그런 거 물어? 아빠 딸이지만 말이야."

그렇게 전화를 끊었다.

그날 아빠는 '네 딸'이라는 말이 듣고 싶었다. 너와의 머나먼 거리를 전화 한 통으로 줄이고 싶었는지도 모르겠다.

그날 아빠는 가능한 빠른 시일 안에 네가 있는 곳에 다녀와야겠다는 생각을 했다.

너는 어떻게 살고 있을까?

네가 지내는 곳은 어딜까?

네 집 앞의 슈퍼 주인은 어떤 인상일까?

모든 게 궁금했다.

나의 아빠는 이런 분이었습니다

네가 아주 어릴 때의 일이다.

너는 친구들을 곧잘 데리고 집에 왔었다.

친구들과 방 안에서 조잘거리는 소리가 아빠는 참으로 좋았다.

어느 날이었다. 너희들끼리 아빠 자랑이 한창이더구나.

일부러 들으려고 들은 것은 아니다. 열린 문틈으로 너희들의 아빠 자랑이 쏟아졌다.

한 친구가 아빠의 직업 자랑부터 시작하더구나.

"우리 아빠는 치과 의사야."

"와, 좋겠다."

"그럼 너희 집은 치과에는 안 가겠네?"

"아니야. 우리도 치과에 가. 아빠 치과 말이야."

"우리 아빠는 사업을 하시는데 돈을 엄청 버신다. 시내 백화점이랑 상가에서 운동화 대리점을 하셔."

"와, 정말 좋겠다. 그럼 메이커 운동화는 마음대로 신겠네?"

"우리 아빠 엄마는 선생님이셔. 집에서도 매일 선생님처럼 자꾸 잔소리만 하셔서 싫기는 한데, 내 마음을 잘 알아주셔."

아빠 마음은 두근거렸다. 너는 과연 뭐라고 자랑을 할까?

걱정 반, 기대 반으로 네 순서를 기다렸다.

드디어 네 차례가 왔다. 순간 아빠는 숨이 막혔다.

"우리 아빠는 세계 구석구석 안 가본 곳이 없다. 일 년에도 몇 번씩 외국에 나가시는데, 안 가본 곳이 없어. 나도 커서 아빠처럼 세계를 누비는 사람이 될 거야."

너는 아빠에 대한 불만이 많았다.

'왜 우리 아빠는 돈을 많이 못 벌어 와? 왜 우리 아빠는 예쁜 옷을 하나도 안 사줘?'

너는 자주 불평을 하곤 했지.

하지만 너는 아빠의 일상 중에서 자랑거리를 찾아냈더구나.

아빠는 돈도 잘 못 벌고, 맛있는 것도, 옷도 잘 사주지 못했잖니.

회사 일 때문에 자주 외국에 나가고, 세계 곳곳을 돌아다니기만 했지.

모든 것이 아이엠에프가 터지기 전의 일이지만 말이다.

너는 아빠의 마음을 꿰뚫고 있더구나.

"역시, 내 딸이야."

이렇게 생각을 하고 있는데, 친구의 답변이 이어지더구나.

"와, 좋겠다."

네가 성인이 된 지금, 너에게 아빠를 자랑할 수 있는 게 있을까?

이 아빠를 다른 사람들에게 자신 있게 내세울 수 있을까?

그런 고민을 해봤다.

그래, 딱 하나 있다.

"멋지게 세상을 떠나신 분."

이 세상 그 누구도 슬프게 하지 않고 돌아가신 분, 그런 사람으로 아빠를 기억해주렴.

chapter 4

아빠라는 이름으로

네 엄마는 의외로 담담했다.
내 이야기를 들은 엄마는 나를 가볍게 안아줬다.

"걱정하지 마. 내가 있잖아."

그 한마디에 아빠의 눈에서 눈물이 뚝 떨어지더구나.
엄마는 그 뒤로 아무런 말도 하지 않았다.
표정도 예전 그대로였고, 말씨도 예전 그대로였다.

왜 하필 나일까?

그날의 하늘을 나는 지금도 기억하고 있다.

먹구름이 곧 몰려올 것 같은 흰 구름. 그 흰 구름이 하늘을 뒤덮고 있었다.

물론 시간도 기억하고 있다. 오후 다섯시 오분.

일 년 전 큰맘 먹고 새로 뽑은 중형차를 몰고 집으로 달려가고 있는데 삐삐가 울리더구나.

"삑, 삑, 삑."

그때는 삐삐라는 것이 있었다.

참으로 고약한 물건이었지. 연락을 원하는 사람이 전화를 걸어 번호를 남기면 삐삐의 작은 액정 화면에 해당 번호가 뜨게 돼 있었단다.

삐삐…….

차를 공중전화 앞에 세우고 확인해보니 익숙하지 않은 전화번호더구나.

차에서 내려 전화를 걸었더니, 같은 회사 선배가 전화를 받더구나.

"많이 놀랐지?"

선배는 그렇게 말을 하더니 더는 말을 잇지 못했어.

"선배님 무슨 얘기시죠?"

내가 다급하게 물었지. 그때까지도 나는 전혀 예상치 못했다.

"몰라? 정말 몰라?"

"그래요, 모른다니까요. 무슨 얘긴데 그렇게 뜸을 들이세요?"

"너무 놀라지 말고 들어. 너희 부서에서 너 혼자 찍혔다는구나."

"찍히다니요?"

"아직도 모르겠어? 우리 회사도 구조조정한다는 얘기 못 들었어?"

멍…….

그때 느낌이 그랬다. 이상하게도 그렇게 놀랍지도 않더구나.

그저 감정이 마비된 것만 같았다.

어느 순간 내 머리가 정말로 빨리 회전했어.

"아, 아……."

나는 말을 제대로 이어가지 못했지만, 사태의 전말이 빠르게 그려지더구나.

'나였구나.'

가장 먼저 그 생각이 들더구나.

'나였구나.'

그 생각이 지워지지 않았어.

그다음에 내 머리를 스친 생각은 '왜 하필 나일까?'였다.

'왜 하필 나일까?'

'왜 하필 나일까?'

"듣고 있어?"

"예, 듣고 있어요."

"그래, 뭐라고 할 말이 없네. 다음에 다시 전화할게. 미안하네……."

선배가 전화를 끊은 뒤 나는 한동안 움직일 수 없었다.

공중전화 부스 안에서 수화기를 든 채 미동도 할 수 없었다.

밖에서는 시동이 켜진 자동차가 부릉부릉 떨고 있었지만, 내 귀에는 아무런 소리도 들리지 않더구나.

내 눈에는 아무것도 들어오지 않더구나.

정신이 들자, 네 엄마 얼굴이 떠올랐다.

그리고 네 얼굴이 떠오르더구나.

어떻게든 살아야 했다

그날 밤 아빠는 집을 나섰다.

바람이 불었다. 비는 오지 않았지만, 하늘은 여전히 무거웠다.

그냥 걸었다. 마주 오는 사람의 얼굴이 보이지 않을 때도 많았다.

아무런 생각도 할 수 없었고, 아무것도 느낄 수 없었다.

바람은 찼다.

다리 위에 섰다.

바람이 더 세졌다. 머리카락이 이마를 때렸다.

그 감촉, 내가 살아 있다는 증거였다.

앞으로 내가 우리 가족을 지킬 수 있을까.

일이라는 이유 하나로 등져왔던 많은 것들에 대해 스스로 납득할 수 있을까?

솔직히 말하자면 그때는 아무것도 자신이 없었다.

'뻔뻔스럽게 살아 있다.'

그런 생각이 들었다.

'과연 내가 살아 있을 수 있을까? 내가 살아 있을 자격이 있을까?'

그런 생각도 했다.

그러니까 말이야, 내가 살아온 삶이 강제로 지워지는 것 같았어.

바람이 다시 불었다. 바람 속에 빗방울이 떨어지더구나.

건조한 바람이 축축하게 변해 있었다.

이마를 때렸다. 또 살아 있다는 자각이 생겼다.

내가 살아 있구나. 뻔뻔스럽게도.

빗방울이 잦아졌다. 그리고 굵어졌다.

트럭 한 대가 지나갔다. 화물을 가득 싣고 있었지.

다리가 흔들렸다. 교각은 물론 상판 전체가 흔들거리는 느낌이 들었다.

그 순간, 다리가 무너지는 것 같다는 생각이 들었다.

불안했다. 걸음을 빨리 움직였다. 비는 더 세차게 내렸어.

트럭은 지나갔다. 다리는 그 자리에 그대로 있었다.

최근 지은 다리가 그까짓 트럭 한 대가 지나간다고 해서 무너질 리가 없는데도 나는 '붕괴'의 느낌을 받았다.

교각의 흔들림에서 느낀 불안감의 정체는 무엇일까?

나는 살아 있을 자격이 없다고 느끼면서도, 죽음에 대해 두려워하고 있었던 것은 아닐까?

이는 내가 살아야 할 이유였다.

죽는 것이 두렵다면, 사는 수밖에 없다.

생각이 거기에 미치자, 걸음이 더 빨라지기 시작했다.

그래, 힘을 내자.

살고자 했던 이유가 너와 엄마가 아니었다는 사실이 미안하다.

모든 게 커다란 바위처럼 나를 내리찍었기에 나는 그 무엇도 이성적으로 생각할 수가 없었단다.

나는 아직 죽고 싶지 않다. 나는 아직 죽을 준비가 안 되었다. 죽음을 무서워하고 있다.

죽을 용기가 있으면, 죽을 힘이 있으면 살아야 한다.

나는 그렇게 다리 위에서 다시 살아서 나왔다.

그때는 그랬다.

어떻게든 살아야 했다.

아빠라는 이름

회사에서 내가 구조조정의 대상으로 선정됐다는 소식이 전해진 그날, 내 머릿속은 하얗게 비어 있었다.

아무것도 생각나지 않았다.

화가 나지도 않았고, 억울하지도 않았다.

그래서 싸워야 한다고 생각하지도 않았다. 회사에 가서 따지겠다는 생각도 하지 않았다.

다른 사람들은 같은 형편에 처한 사람들과 함께 싸움에 나서는 경우도 많았다. 나는 그렇게 하지 않았다.

운명이라고 생각했다.

그 모든 것을 온전히 받아들이는 것은 정말로 힘이 들었다.

'왜 하필 나일까?'

나보다는 다른 누군가가 대상으로 찍혔어야 했다는 이기적인 생각도 들었다.

'이것은 운명이다. 받아들여야 한다.'

나는 나를 설득하고 있었다.

그러나 나는 조금 더 솔직해질 필요가 있었다. 내가 회사의 명령을 받아들이는 이유는 알량한 자존심 때문이었다.

어차피 떠날 것, 조용히 떠나고 싶었다.

너희들이 나가라고 안 해도 이미 나갈 준비 정도는 돼 있는 사람처럼 보이고 싶었다.

그래서 아무런 말도 없이 떠나기로 했다.

나를 떠나보내는 사람들은 진심으로 나에게 미안해하고 있었다.

그들과 싸우고 싶지 않았다.

만약 내가 그들과 싸워서 이긴다면, 누군가 나를 대신하기 위해 같은 아픔을 느껴야 한다는 사실도 알고 있었다.

문제는 회사 사람이 아니었다.

하늘처럼 나를 믿고 있는 가족이었다.

가족들에게 이 상황을 어떻게 설명할 수 있을까.

그동안 회사에서 우수한 사원으로 인정받으며 일한 것으로 알고 있던 가족들에게 이 상황을 어떻게 납득시킬 수 있을까.

상처 난 내 자존심은 스스로 진행한 나에 대한 설득으로 어느 정도 치유를 했다고 쳐도, 가족들이 얻은 상처는 어떻게 할까.

정확히 이틀을 고민했다.

표정 관리가 쉽지는 않았지만, 보통 때처럼 웃었고 대화를 했다.

그러나 더는 버틸 수가 없었다.

가족들을 속이는 것 같아 마음이 아팠다.

회사를 그만두고 다른 일을 찾을 때까지 완벽하게 속일 자신도 없었다.

맨 처음 고백을 한 상대는 네 엄마다.

방으로 불렀다. 문을 굳게 닫았다.

혹시 네가 들을지도 모른다는 생각에 목소리를 최대한 낮췄다.

"지금부터 내가 하는 말 잘 들어. 그리고 놀라지 마."

"알았어."

"내가 회사에 더는 나갈 수 없게 됐어. 새로운 일을 찾아봐야겠어. 구조조정이래. TV에서 많이 봤지? 정말 웃기지만, 이해가 되지 않지만 내가 그 대상이래."

말이 조금 뒤틀리는 느낌을 받으면서, 이러지 말아야지 생각을 했다.

네 엄마는 의외로 담담했다.

내 이야기를 들은 엄마는 나를 가볍게 안아줬다.

"걱정하지 마. 내가 있잖아."

그 한마디에 아빠의 눈에서 눈물이 뚝 떨어지더구나.

엄마는 그 뒤로 아무런 말도 하지 않았다.

표정도 예전 그대로였고, 말씨도 예전 그대로였다.

사려가 깊고, 마음이 넓은 네 엄마의 힘을 다시 한 번 느꼈다.

회사에서 업무를 정리한 뒤 아빠는 그곳을 떠났다.

동료들이 격려와 함께 배웅해줬지만, 그 어떤 말도 귀에 들어오지 않더구나. 그날 밤 아빠는 많이도 울었다.

허허벌판으로 밀려난 기분에 외로움과 두려움으로 몸을 떨었다.

우리 집의 생활은 예상을 훨씬 뛰어넘을 정도로 심각했다.

수입이 없어지면서 생활은 갈수록 궁핍해졌다.

그러던 어느 날 아빠는 부모님께 이런 사실을 모두 털어놨다.

큰아들을 기둥처럼 생각하시던 부모님들 입장에서는 날벼락 같은 소식이었다.

부모님이 마음 아파하실 것을 알면서도 말해야만 했다.

어쩌면 외로움을 달래고 싶었는지도 모른다.

아니, 응석을 부리고 싶었는지도 모르겠다.

"괜찮습니다. 좋은 직장 생기겠지요. 지금 열심히 찾고 있으니까, 곧 좋은 소식 있을 겁니다."

그런데 부모님의 감은 역시 속일 수 없더구나.

어쩐지 자신감 없는 내 목소리에서 부모님은 나의 상황을 꿰뚫고 있었다.

그때 나에게는 아무런 비전도 없었다.

구조조정 통보를 받고 나서 아빠는 이곳저곳을 알아봤다. 하지만 당시 대한민국의 기업들이 처한 상황은 다 마찬가지였다.

있는 직원도 내보낼 판에 새로 직원을 뽑을 수 있는 곳은 없었다.

아빠의 자존심은 땅에 떨어질 대로 떨어져 있었다.

그 누구에게 하소연도 하지 못한 채 시간만 보내고 있었다.

사려 깊은 네 엄마는 단 한 번도 채근하거나 묻지 않았지만, 여전히 아빠의 눈치를 살피고 있었다.

아빠의 엄마, 그러니까 네 할머니는 아빠의 구겨진 자존심을 회복시켜주기 위해 많이 노력해주셨다.

사실 회사를 그만두고 얼마간 부모님의 돈을 받아 썼다.

회사를 그만 다니게 됐다는 말씀을 드린 건 그냥 알려드려야 한다고 생각했기 때문일 뿐, 부모님께 경제적으로 도와달라는 뜻은 전혀 아니었는데.

부모님은 매달 돈을 주셨다.

매달 돈을 주시는 어머님의 마음이 갈기갈기 찢어졌음을 나는 알고 있었다.

처음에는 사양을 했지만, 곧 그 돈을 쓸 수밖에 없었다.

할머니에게 그 돈은 평생 아끼고 아껴서 만들어놓은 노후대책이었을 거다.

남은 인생을 위해 덜 먹고 덜 입어 만든 소중한 돈이었다.

그걸 받아서 써야만 했다.

자존심이 세다는 것도 다 거짓말인지 모르겠다.

자존심이 그렇게 센 놈이 부모님의 돈을 받아 썼으니 말이다.

그것도 쉰이 다 된 나이에 말이다.

그런데, 너 아니?

그런 상황에서도 너에게만은 내가 처한 상황을 말할 수 없었다는 사실을 말이다.

아빠는 아내와 부모님에게는 그런 상황을 자세히 이야기하면서도 너에게만은 그 사실을 숨겼다.

아니, 숨기고 싶었다. 끝까지 숨기고 싶었다.

하지만 끝내 일이 터져버렸다.

네가 아빠가 처한 상황에 대해 모두 알아버린 것이다.

이유를 따져보니 네 할머니께서 너에게 이야기를 하셨더구나.

할머니는 네가 아빠의 경제적인 상황은 아랑곳하지 않고 용돈을 쓴다고 생각하셨는지, 어느 날 너를 불러서 자초지종을 설명하셨더구나.

그래, 너도 가족 구성원인 만큼 그게 당연한 것이겠지.

그러나 나는 너에게만은 알리고 싶지 않았다.

네가 어디 가서 기가 죽는 모습만은 보고 싶지 않았다.

끝까지 아빠의 상황은 비밀에 부치고 싶었다.

네가 때로는 과도한 용돈을 요구해도 아빠는 그것을 들어주거나 다른 이유를 들어 완곡하게 거부했다.

아마도 할머니께서는 그런 너를 더 이상 볼 수 없으셨던 것 같다.

눈물이 났다.

왜 내 엄마가 아들의 마음을 이토록 몰라주실까?

그런 생각을 하면서 할머니를 만나뵈었다.

아빠는 울면서 화를 냈다.

"어떻게 이러실 수 있습니까? 제가 그것만은 어떻게든 막으려 했던 것을 아시면서 말입니다."

네 할머니의 마음에 나는 비수를 꽂았다. 네 할머니는 더 이상 말씀을 잇지 못하셨다.

네 할머니가 무척이나 원망스러웠지만, 어쩔 수는 없었다.

어느 날 아침 현관을 나서던 네가 운동화 끈을 묶고 일어서더니 무심한 듯 한마디 하더구나.

"진작 말 좀 해주지. 할머니한테 쪽팔렸잖아."

그렇게 세월이 갔다.

이리저리 세월은 간다.

그때의 상처는 내 마음속에 커다랗게 자리를 잡고 있다.

모르겠다. 너도 할머니에게 그 소식을 듣고 상처를 받았는지, 아니면 충격을 받았는지. 그렇지 않으면 창피했는지.

지금 생각하면 정말 이 아빠는 모진 놈이라는 생각이 드는구나.

'내리사랑'이 최고라고는 하지만, 세상에 이럴 수가 있을까.

똑같은 상황을 제 부모에게는 이야기하면서, 제 자식에게는 이야기하지 않는 이기심이란.

네 할머니가 세상을 떠나시던 날, 아빠는 그날의 일이 참으로 마음에 걸리더구나.

아들로서 해드린 게 없어서, 늘 받기만 해서.

왜 후회는 늘 늦게 오는 것일까.

불러봐도 네 할머니는 대답이 없더구나.

나 또한 네 할머니, 할아버지에게는 너와 똑같은 존재이거늘, 늘 내 입장에서만 생각했더구나.

직장을 잡고, 결혼을 하고, 가족을 꾸리고……
꿈을 이루어가고 있다고 믿었던 순간,
한 번 넘어지니까 일어나기가 쉽지 않더구나.
그래도 버틸 수 있었던 건 네 엄마와 딸, 너 때문이었지.

나도 바로 그만뒀어요

흥겨운 축제는 늘 나를 흥분시켰다.

축제는 모든 것을 잊게 했다.

거기서 즐거움과 힘을 얻고 싶었는지도 모르겠구나.

축제라는 이름만 들어도 나는 흥분했다.

멀리 축제장이 보이기라도 하면 가슴이 뛰었다.

그 옛날 초등학교 시절에도 그랬다.

언덕을 올라가면 학교가 보였다.

시골 학교의 운동회는 일 년 중에 딱 한 번 있는 축제였다.

운동회는 마을 사람들까지 모두 참여하는 지역 축제나 마찬가지였으니까.

언덕에 올라가면 눈에 들어오는 만국기, 멀리 울려퍼지는 신나는 음악.

그때부터 나에게 있어 축제는 '자유'였다.

그날은 네 할아버지도 공부하라는 말씀은 하지 않으셨다.

마음껏 뛰어놀라고 하셨다.

할아버지의 눈빛이나 목소리에서 이미 자유가 느껴졌다.

운동회 때면 할아버지는 용돈도 주셨다.

당시 나 같은 시골 소년들은 소풍날과 운동회를 제외하면 단 한 차례도 용돈을 받을 수 없었다.

학교 앞 문방구에서 친구가 산 젤리를 둘이 나눠 먹던 생각이 지금도 생생하구나.

친구는 나와 함께 문방구에 가자고 했다.

친구는 거기서 늘 젤리를 샀다. 친구는 대부분은 자신이 먹고, 나머지는 나에게 줬다.

당연한 일이었다. 젤리는 원래부터 친구 것이니까. 친구가 자신의 돈으로 산 것이니까. 그런데도 나는 친구가 원망스러웠다.

어쨌거나 내 돈으로 군것질을 할 수 있는 날은 운동회와 소풍날뿐이었다.

돈이나 군것질보다 더 좋은 것은 자유였다.

그놈의 공부에서 벗어날 수 있는 것만으로도 충분히 행복했다.

TV도 마음껏 볼 수 있었다.

할아버지도 그날만은 너그러웠다.
축제의 인연은 그렇게 시작됐다.
축제는 나에게 자유다.

그 기억 때문인지 요즘도 멀리서 축제장이 보이면, 그 옛날 언덕길에 올라가 운동회가 열리는 운동장을 봤을 때의 자유를 느끼곤 한다.
축제에서 만나는 사람들의 신명 난 표정이 좋다.
그들을 보면 나의 모든 시름을 잊을 수 있었다.
축제장에 가서 막걸리 한 잔이라도 걸치면, 기분은 더욱 고조된다.
모든 사람이 동료가 되고 친구가 된다.
거리에서 만난 모든 사람과 친구가 됐고, 식당 주인과 말벗이 됐다.

내가 실직이 되고 나서, 나는 자주 '축제 여행'을 떠났다.
'그래 모든 것을 잊자.'
그런 결심을 하고 집을 나섰다.
인터넷에서 찾은 전국 곳곳의 축제장을 돌았다.
분위기는 예전 그대로였다. 이름도 그렇고, 사람들의 표정도 그랬다.
각설이타령도 여전했다.
빈대떡집이 늘어난 것을 보고, 구조 조정된 사람들이 여기로 몰려서 장사를 하는구나, 그런 실없는 생각도 했다.
나는 늘 '구조조정'이라는 상자 안에 갇혀 있었다.

그런 상황에서 도망치기 위해, 자유를 찾기 위해 여기까지 나온 것인데, 나는 발을 헛디디듯 구조조정의 소용돌이 속으로 빠져들고 말았다.

구조조정이라는 단어가 다시 내 머릿속에서 춤추기 시작했다.

그것은 떨칠 수 없는 아픔처럼 느껴졌다.

빈대떡집 주인이 어디선가 많이 본 듯한 행색이었다.

곰곰이 생각을 해보니, 그전에 다니던 회사의 상사였다.

그는 처음에 나를 알아보지 못했다.

"안녕하세요?"

내가 인사를 걸어도 바로 알아보지 못했다.

"누구시더라. 아아. 그렇구먼. 아이구……."

우리는 그 순간 서로의 처지를 잊고 있었다. 만난 것만이 기뻤다.

그 회사를 떠나고 난 뒤 한 번도 본 적이 없는 사람이었다.

그는 그때 나를 구조조정 대상으로 몰아넣은 사람이었다.

그는 하던 일을 옆에 있던 동료에게 넘겨준 뒤, 나의 손을 잡고 다른 가게로 갔다.

막걸리와 족발을 시켰다.

"이렇게 살아요. 나도 바로 그만뒀어요."

뒤통수를 한 방 세게 맞은 것 같은 느낌이 들었다.

"아, 그래요? 어쩌다가……."

무심코 물었다. 전혀 계획하지 않은 질문이었다. '어쩌다가'라니.

'뻰'한 것 아니겠는가?

"아, 그게 그렇게 됐어요. 갑자기 3분의 1을 더 잘라야 한다고 하더군요."

딸아, 삶이 가끔 그렇더라.

어쩌다가 실직이 되고, 어쩌다가 이별을 하고, 어쩌다가 그렇게 살아가고…….

막연함

불안했어.

감각이 둔해지기도 하고, 지나치게 민감해지기도 했다.

어떤 때는 오감이 고장 난 채 제대로 작동하지 않는다는 생각도 들었다.

모든 것이 불안했다.

잠을 자다가도 사소한 소리에 놀랐다.

자동차를 몰고 가다, 뒤에서 오는 차의 경적에 소스라치게 놀라기도 했다.

세상이 두려웠다고, 이제야 고백할 수 있겠구나.

정해진 것이라고는 단 하나도 없는, 그런 불확실한 상황이 불안의 근원이었겠지.

그 어떤 것도 기약이 없었으니까 말이야.

정해진 것은 아무것도 없었어.

적어도 젊었을 때는 기약된 것이 없어도 꿈꿀 수는 있었지.

오십대가 되니까 그 꿈조차 꾸기 힘들더구나.

직장을 잡고, 결혼을 하고, 가족을 꾸리고…… 꿈을 이루어가고 있다고 믿었던 순간, 한 번 넘어지니까 일어나기가 쉽지가 않더구나.

그래도 버틸 수 있었던 건 네 엄마와 딸, 너 때문이었지.

그날 이후 나는 수많은 기업과 기관에 원서를 넣었단다.

밤을 새워 원서를 썼다. 불안했지.

이런 고생이 무슨 소용이 있을까?

요즘 같은 세상에, 나 정도의 스펙을 갖고 있는 사람은 흔하고 흔할 텐데, 헛수고는 아닐까. 인사 담당자가 거들떠보지도 않고 쓰레기통에 버리는 것은 아닐까.

나이만 보고 그대로 문서 분쇄기에 쑤셔넣는 것은 아닐까?

모든 것이 불안했다. 누군가, 내가 윗선에 잘 얘기해줄 테니 한 번 내봐, 라고 말 한마디만 해줬어도 이렇게 불안하지는 않았을 것이다.

아빠는 말이야. 네가 대학 입시 준비를 하고, 취업 준비를 하고 그럴 때마다 아빠의 그때가 떠올라.

모든 것이 정해지지 않은 상황, 막연한 상황, 그런 것들이 나를 극도로 불안하게 만들었던 그때가.

그래서 더욱 네가 안쓰러웠다.

아빠 세대가 잘못 살아온 느낌이랄까.

안개 속이었다. 모든 것이 막연했다.

수십 개의 원서를 냈지만, 면접까지 갈 수 있었던 곳은 손으로 꼽을 정도에 그쳤다.

면접 역시 불안하기는 마찬가지였다.

대기실에서 만난 다른 지원자들은 얼굴에 생기가 가득해 보였다.

'괜히 온 것은 아닐까?'

'헛수고만 하고 다니는 것은 아닐까?'

끝이 보이지 않았다. 막연한 상황의 연속이었다.

차라리 앞으로 일 년은 취직이 안 될 것이고, 일 년 후에야 취직이 된다고 누군가가 얘기를 해줬다면, 그 일 년을 행복하게 보낼 수 있을 텐데, 하는 생각까지 들었다.

그런 불안은 오랜 기간 지속됐다.

막연함, 거기에서 오는 아득함.

월요일

일이 없을 때에도 아침에는 늘 넥타이를 맸다.

아무도 내가 넥타이를 맨 모습을 원하지 않았지만, 나는 아침마다 맸다.

"그냥 확 당겨버려?"

넥타이를 매다 그런 생각도 했다.

넥타이를 그대로 조여 이 자리에서 죽어버리는 것이 더 낫겠다는 생각도 들었다.

그러나 나는 넥타이를 조이지 못했다.

대신 가방을 챙겼다. 가방에는 몇 권의 책과 노트를 넣었다.

그것들은 하루 종일 아무런 불평도 없이 나와 놀아줄 친구였고, 나를 지탱해줄 버팀목이었으니까. 소중하게 가방 속에 넣었다.

도서관. 그렇다. 도서관이었다.

젊은 시절, 진학과 취업이라는 목표를 놓고 드나들던 곳이었다.

너와 함께 도서관에 간 적도 있었지.

아빠는 공부한다는 핑계로 너와 함께 있고 싶었지만 웬걸, 너는 친구들이랑 놀고 싶은데 눈치 없이 따라 나선다고 타박이었지.

그때와 달리 도서관에서 나는 늘 기가 죽었다.

누가 봐도 실업자 신세였던 나는, 다른 사람들이 나를 동정할 것이라는 생각에 휩싸여 지내곤 했다.

어떤 때는 나와 비슷한 연령대의 남자들을 심심치 않게 보았는데, 그때마다 내 목은 더욱 타들어갔다.

그들에게도 가족이 있을 텐데, 하며 내 모습을 떠올렸다.

평일에는 아줌마, 아저씨들의 비율이 급격히 높아졌다.

그중에는 부동산 중개를 공부하는 아저씨들도 자주 보였다.

대개 비슷한 처지의 군상이었다.

나는 그들 사이에서 암묵적인 룰을 만들었다.

누구도 상대를 오래 바라보지 않는다.

위아래로 훑어보지도 않는다. 무슨 과목을 공부하나 살펴보지도 않는다.

피차 비슷한 처지에, 모른 척하자는 것이었지.

점심시간, 지하 식당에서 만나는 아저씨들의 표정은 왠지 힘이 더 없어 보였다.

무미건조한 식사를 한다. 후딱 해치운다. 물을 마시고, 담배 연기를 깊게 들이마신다.

그게 일과였다. 그래도 가족과 동네 사람들의 눈을 피해 자유를 누릴 수 있는 곳은 이곳뿐이라는 생각이 들었다.

어떤 사람들은 중간에 등산복을 갈아입고 산에 오른다고 하는데 나는 산 체질이 아니었다.

문제는 월요일이었다.

도서관은 토요일과 일요일에도 문을 연다. 그러나 대부분의 도서관이 일요일 대신 월요일에 휴관을 한다.

문제는 나의, 나와 같은 처지의 수많은 사람들의 갈 곳이 없어진다는 것이다.

월요일에는 집에 있을 수도 없고, 직장도 없고, 산도 싫은 사람들이 도대체 갈 데가 없었다.

딱 한 번 산에 올라갔단다.

배경만 자연으로 바뀌었을 뿐, 상황은 비슷했어.

비슷비슷한 표정의 사람들이 말없이 산을 오르고 있었지.

나도 그들 중 하나였을 게다.

그래, 그 추운 시절, 아빠는 네 엄마의 힘으로 살았다.
네 엄마는 단 한 번도 아빠의 자존심을 건드리지 않았고,
단 한 번도 불평을 하지 않았다.
지금, 엄마가 나에게 베푼 사랑의 힘을 다시 한 번 느끼게 되는구나.

그 엄마가 내 곁에 없다, 지금은.

그 빛바랜 황토색 스웨터 한 장

아빠에게 있어 너의 엄마, 나의 아내는 '아픔' 그 자체였다.

네가 알듯이 네 엄마는 정말 착하고 순박한 사람이었다.

이 세상 그 어떤 사람보다 선하고 순수한 사람…….

지금까지 아빠가 만난 어떤 사람도 네 엄마보다 순수하고 따스한 마음을 가진 사람은 없었으니까.

네 엄마는 정말 이 세상 모든 사람을, 이 세상 모든 것을 사랑할 줄 아는 사람이었다.

동네 어린아이부터 할머니, 할아버지까지, 심지어는 동네 어귀의 강아지까지 진심으로 아끼는 사람이었다.

너도 잘 알겠지만, 시어머니와 시아버지께 정말 잘했다.

아빠조차 아들인 나보다 며느리인 네 엄마가 부모님에게 더 잘한다는 생각을 자주 했으니 말이야.

시아버지, 시어머니의 심정을 진심으로 헤아려주는 며느리가 몇이나 되겠니.

할아버지, 할머니가 병원에 입원하셨을 때는 모든 병수발을 다 들었고 목욕까지 시켜드리곤 했다.

아무리 자신의 몸이 힘들고 피곤해도 부모님 앞에서는 그런 내색조차 하지 않았다.

네 엄마가 특히 위대한 점이 무엇인지 너는 아니?

바로 모든 사람에게 공평하게 사랑을 베풀 줄 안다는 거란다.

네 엄마는 자신의 친부모나 시부모는 물론 동네의 할머니, 할아버지에게도 똑같이 정성을 다하는 사람이었단다.

내 아내는 사람을 정말 좋아했다.

절대로 사람을 차별하지 않았고, 그 어떤 사람도 천대하지 않았다.

처음 만난 사람이나, 오래 사귄 사람이나 누구에게나 정성을 다했다.

아빠는 지금까지 네 엄마를 싫어하는 사람은 단 한 번도 보지 못했어.

아빠는 결혼 초기부터 그런 네 엄마를 무던히도 고생시키곤 했다.

아빠는 네 엄마 속도 모르고 걸핏하면 사람들을 데리고 집으로 갔다.

엄마는 아무리 늦은 시간이라도 술상을 준비해 손님을 맞아주었다. 그것도 공손한 마음과 표정으로 말이야.

네 엄마는 술에 찌들어 일어난 내 친구에게 맛있는 해장국을 끓여주는 것은 물론 꼭 새 치약과 칫솔을 내놓고 집에 갈 때는 새 양말까지 챙겨 줬다.

아빠 친구들 중에는 지금도 우리 집에 다녀간 이야기를 하는 이들이 많아.

그런 네 엄마를 위해 이 아빠는 아무것도 해준 것이 없다.

아빠는 단 한 번도 제대로 된 옷 한 벌 사주지 못했고, 엄마는 친구나 아는 사람이 쓰던 핸드백을 얻어서 들고 다녔다.

'옷'이라는 말이 나오니까 가슴이 더 먹먹해지는구나.

여유가 없었기에 네 엄마에게 옷다운 옷을 사준 적이 없었다.

어쩌다가 꽤 그럴듯한 옷을 입고 있어서 '큰맘먹고 하나 샀구나' 싶어 물어보면, 친구가 샀다가 마음에 들지 않는다고 해서 하나 얻었다는 식의 대답이 돌아오더구나.

그놈의 자존심 때문에, 당장 그 옷 버리라고 소리를 지르는 바람에 한동안 냉전을 벌이기도 했지만 지금 생각하면 정말 가슴이 찢어진다.

그놈의 자존심이 뭐라고…….

아이엠에프 경제 위기 이후, 네 엄마나 나나 정말 힘든 세월을 보냈다.

어렵게 마련한 직장의 월급이 예전의 사십 퍼센트 이하로 줄어들었는데, 어땠겠니?

모든 것을 줄여야 했고, 참아야 했다.

어쩌다 아는 사람으로부터 백화점 상품권이라도 한 장 받으면 상품권을 돈으로 바꾸어 시장을 돌아다니며 싸고 싼 물건들을 샀단다.

그때도 엄마는 사람들 사이를 누비며 바삐 움직였지만 나는 한 발짝 물러서서 짐짓 딴청을 피우기 일쑤였지.

그렇게 살면서도, 우리는 너나 주변 사람들에게 형편이 어려워졌다는 이야기는 절대로 하지 않았다.

네가 이것저것 사달라고 조르는 바람에 힘에 부쳐 하던 엄마가 '딸에게는 솔직하게 이야기를 하고 협조를 구해야 하는 것이 아니냐'고 말을 했지만, 아빠는 반대했다.

아빠의 처진 어깨를 보여주고 싶지 않았고, 네가 친구들 앞에서 기가 죽는 꼴을 보고 싶지 않았기 때문이다.

어느 날 네가 나에게 이런 질문을 하더구나.

"아빠, 친구들 중에는 아빠가 회사에서 잘린 경우도 있다는데 아빠는 괜찮아?"

"아빠 우리 반 친구 아빠는 회사가 망해서 월급을 한 푼도 못 받는다고 하는데 아빠는 괜찮아?"

뜨끔했지만 아빠는 이렇게 응대를 했단다.

"그럼, 괜찮지. 회사가 조금 어렵기는 하지만, 월급이 줄어들 정도는 아니야."

내 딸인 너에게만은 솔직하게 이야기를 할까 하는 생각을 했지만, 결국 말하지 않는 것이 낫겠다는 판단을 했다.

아빠가 가장 걱정한 것은 네가 엄마나 아빠에 대해 걱정하게 되는 것이었다.

엄마를 닮아 마음이 여리고, 항상 엄마와 아빠를 생각해주는 너이기에, 마음에 상처라도 받지 않을까…….

그게 걱정이었단다.

"걱정하지 마. 회사가 조금 어렵긴 해도, 요즘 어렵지 않은 회사가 어디 있니? 아빠 회사도 금방 좋아질 거야."

엄마와 아빠는 그렇게 살아왔다.

네 엄마는 재활용의 귀재였다.

어떤 낡은 물건도 네 엄마의 손을 거치면 알맞은 자리를 찾아갔지.

네 외할아버지가 돌아가시고 난 뒤에는 한동안 돌아가신 외할아버지의 스웨터를 입고 생활하더구나.

물론 아버지의 체취를 느끼고 싶은 엄마의 순수한 마음에서 비롯된 일이었겠지만, 아빠는 지금도 마음이 짠하다.

그 빛바랜 황토색 스웨터 한 장.

엄마를 닮아라

아빠에게 내려진 '구조조정 선고'를 네 엄마에게 통보한 날, 반응이 정말로 침착했다.

네 엄마는 나를 아무 말 없이 안아주는 것으로 애절한 마음을 전했다.

"그동안 고생했어요. 당신은 뭐든 할 수 있을 테니까 걱정하지 마세요. 조금 쉬면서 새로운 일을 찾아보면 되잖아요."

엄마는 울지도 않았고, 낙담하지도 않았다.

나를 믿어주었어.

자존심이 센 남편을 자극하지 않기 위해 많은 노력을 기울이는 것이 느껴졌다.

늘 차분했고, 눈빛이나 낯빛의 흔들림이 없었다.

그러던 어느 날 엄마가 나를 불렀다.

"가만히 앉아 있을 수는 없잖아요."

엄마는 수강증을 보여줬다.

엄마는 '하나의 보험이라고 생각하자'고 했다.

내가 아무것도 할 수 없는 상황, 내 수입이 형편없이 떨어질 수 있는 현재의 상황을 직시해야 한다고 했다.

그 말은 처음에 내 얼굴을 붉게 물들게 했다.

'이건 아닌데…….'

처음에는 그런 생각이 들었다.

하지만 허허벌판이라는 생각이 들었다. 이 허허벌판에서 무엇을 할 수 있을까?

무엇을 해야 하는가?

아무것도 할 수 없을지도 모른다는 불안감이 엄습했다.

'그래, 알았어.'

엄마는 '요리 학원에 등록했다'고 했다.

평소 요리 솜씨가 좋기로 소문난 엄마가 뭔가를 해보겠다며 한식 조리사 자격증에 도전한 것이다.

엄마는 정말 열심히 학원을 다녔다.

시간이 날 때마다 집에서 실습을 하는 모습도 보였다.

필기시험은 단 한 번에 붙었지만, 실기시험은 만만치 않아 보였다.

세 차례인가, 네 차례인가 떨어진 끝에 자격증을 손에 쥐었다.

엄마와 함께 자격증을 받으러 갔다.

자격증을 손에 쥔 엄마는 뛸 듯이 좋아했다.

그도 그럴 것이, 학교를 졸업한 지 수십 년 지나서 치른 필기시험, 갖가지 가사 속에서 치른 실기시험 등 결코 쉽지 않은 관문을 통과해 얻은 자격증이었으니 말이다.

남편으로서 '부끄럽다'는 생각이 들기도 했지만, 한편으로는 든든함을 느꼈다.

무엇보다도, 네 엄마가 온몸을 던져 나를 도와주고 있다는 사실이 고마웠다.

부끄럽지만, 이런저런 상상도 했다.

나는 카운터에 앉아 돈을 받고, 엄마는 요리를 하면서 식당을 운영하는 그런 모습.

태어나서 단 한 번도 상상해본 적이 없는 모습이었다. 사실 아빠는 요리와는 거리가 멀었다.

요리에는 취미도, 재능도 없다.

'죽으면 죽었지, 식당은 못 한다'는 생각을 한 적도 있을 정도였으니까.

그러나 어쩌랴. 해야 한다면 해야지.

당시 나처럼 자신의 조직에서 밀려난 사람들이 가장 먼저 생각하는 사업이 식당이었다.

나와 같은 초보자가 그 업계에 도전하는 것은 이미 실패를 예약해놓은 것이나 마찬가지라는 이야기도 나돌고 있었다.

물론 돈도 없었다.

작은 식당이라도 열기 위해서는 수천만 원의 자금이 필요했지만, 나에게 그런 돈을 구할 수 있는 길은 없었다.

네 엄마가 조리사 자격증만 따면 뭔가 할 일이 있을 것이라는 생각을 했지만, 세상은 그리 만만치 않더구나.

어느 날 네 엄마가 다시 날 불렀다.

"다시 도전해볼래요."

이번에는 미용사였다.

손재주가 있는 네 엄마는 미용사 자격증을 따서 다른 사람의 미용실에서 직원으로 일하며 수입을 얻다가 개업을 하겠다는 구상을 내놨다.

우리 집 상황이 TV에서 나오는 '아이엠에프 가정'의 전형이 돼가고 있다는 생각이 들었다.

당시 아이엠에프 경제 위기가 닥치고 난 뒤 많은 주부들이 조리사와 미용사에 도전을 했었다.

엄마는 일단 자격증을 따겠다고 했다.

때마침 실직자, 주부 등을 위해 국가가 비용을 지원해주는 제도가 있어 엄마는 그것을 이용하기로 했다.

엄마는 정말 열심히 했다.

필기시험에 이어 실기시험에 합격하기 위해 집에서 마네킹과 가발을 가지고 실습을 자주 했다.

처음에는 동네 아주머니들의 머리를 잘라주면서 연습을 하더니, 나중에는 파마까지 하더구나.

엄마는 드디어 자격증을 땄다.

조리사 자격증을 땄을 때보다 더 좋아했다.

엄마는 바로 취업을 했다.

당시 아빠는 여전히 직장을 잡지 못하고 있었다.

엄마는 집에서 좀 떨어진 미용실에서 이른바 '시다(보조)'로 일을 하기 시작했다.

처음에는 원장과 나이가 비슷해 얘기가 잘 통한다며 좋아하기도 했다.

엄마가 하는 일은 미용실 청소를 하는 것과 원장의 일을 도와주는 것이었다.

어느 날은 "내일부터 미용실에 나가지 못할 것 같다"고 했다.

엄마는 그날 온종일 인근 주택가와 아파트 단지를 돌며 전단을 돌리는 일을 했다고 했다.

엄마가 전단을 돌린 곳 중에는 시내 뒷골목도 있었다.

거리에서 소변을 보는 사람, 벽에 낙서를 하는 사람, 대낮인데도 학교에 가지 않은 채 서성이는 불량 청소년들…….

엄마는 이곳에서 전단을 돌리다가, 여러 차례 힘든 상황을 맞닥뜨렸다더구나.

거친 농담도 들었고, 음흉한 시선도 느꼈고…….

그러다가 어떤 낯선 남자의 음흉한 손길을 느끼고 소스라치게 놀라 줄행랑을 치기도 했다더구나.

하여튼 당초 생각했던 미용사와는 전혀 다른 일을 하게 되어 엄마의 실망이 엄청나게 컸다.

그렇게 말만 하고 엄마는 줄기차게 미용실에 다녔다.

중년으로 접어든 나이에 손님들의 말도 안 되는 불평이나 요구를 들어주는 것이 결코 쉽지는 않았겠지만, 참으며 일했다.

"먹고 살아야 하잖아."

그런 엄마를 보면 마음이 무척 아팠지만, 한편으로는 마음이 든든했던 것이 솔직한 심정이었다.

'굶어 죽지는 않겠구나.'

다행스럽게도 아빠는 그 무렵 새로운 직장을 얻게 되었다. 그땐 힘들고 외로운 시간이 다 지나간 느낌이 들었다.

급여는 이전 직장의 절반에도 못 미쳤고, 근로 강도는 배 이상 높았지만 괜찮을 것 같았다.

아빠는 새 직장을 잡고 나서 엄마를 불렀다.

"그동안 고마웠어. 당신 덕에 힘을 잃지 않고 싸울 수 있었어. 부끄럽지만 말이야. '굶어 죽는 것은 면하겠구나' 하는 믿음이 생겼으니까. 애들에게 최악의 상황은 피할 수 있게 한 것도 다 당신 덕분이야."

그래, 그 추운 시절, 아빠는 네 엄마의 힘으로 살았다. 네 엄마는 단 한 번도 아빠의 자존심을 건드리지 않았고, 단 한 번도 불평을 하지 않았다.

지금, 엄마가 나에게 베푼 사랑의 힘을 다시 한 번 느끼게 되는구나.

그 엄마가 내 곁에 없다, 지금은.

chapter 5

엄마 대신 네가 받아주렴

머릿속에는 네 엄마와 함께했던 시간들이 흘러갔다.
청혼을 하고, 작은 집을 얻어 살림을 차리고……
시간이 흘러 네가 태어나고…….

내가 도착했을 때 네 엄마는 살아 있지 않았다.

응급실

그날의 일은 다시 떠올리고 싶지 않구나.

아빠는 그날의 일을 내 머릿속에서 지워내기 위해 애썼다.

너와도 이 이야기를 피했다.

"○○○씨 남편 되시죠? 지금 사고를 당해서 응급실에 있습니다. 위급합니다."

전혀 예상하지 못한 일이었다.

엄마가 일을 하다 사고를 당해 병원으로 실려 갔다는 소식, 그 비보는 아빠 인생에서 가장 큰 충격이었던 것 같다.

'결국은 마누라까지…….'

택시를 잡으면서, 병원으로 가는 택시 안에서 나는 온갖 생각을 다 하고 있었다.

'무조건 살아만 있어줘.'

나의 소원은 그것뿐이었다.

머릿속에는 네 엄마와 함께했던 시간들이 흘러갔다.

청혼을 하고, 작은 집을 얻어 살림을 차리고…… 시간이 흘러 네가 태어나고…….

내가 도착했을 때 네 엄마는 살아 있지 않았다.

무심하다는 생각을 했다.

처음에는 네 엄마가 무심하다는 생각을 했고, 나중에는 비록 나는 믿지 않지만, 이 세상 어디엔가 신이 있다면, 그 신이 참으로 무심하다는 생각을 했다.

네 엄마를 그렇게 떠나보냈다.

네 엄마를 떠나보낸 것은 바로 나다.

나는 그 사실을 누구보다 잘 알고 있다.

전단을 돌리기 위해 길을 건너다가 그만 달려오는 차에 치이고 말았으니 말이다.

네 엄마가 저 세상으로 가던 그날, 아빠도 함께 갈 생각이었다.

네 엄마를 그렇게 보내놓고 너를 만날 면목이 없었고, 세상 사람들을 볼 수 없을 것 같았다.

네 엄마가 없는 세상에서 살아갈 자신이 없었다.

그날의 그 괴로움, 차마 그걸 설명할 길이 없다.

딸, 너도 그랬겠지.

어떤 우울

남자라는 동물은 사회생활을 하는 동안 어깨에 걸려 있던 견장 하나를 믿고 살아온 것은 아닐까.

'무슨, 무슨 직장의 누구. 어디, 어디 대학 나온 누구.'

때로는 외롭고, 약해서 불안하고 두렵지만, 그놈의 견장 하나에 의지해 살아가는 것이지. 온갖 폼을 다 잡으면서 말이야.

그래서 남자들은 술만 먹으면 옛날 얘기가 많아지는지도 모르겠구나.

문제는 그 견장이 떨어지고 난 뒤란다.

유일한 버팀목이었던 그 견장이 떨어지는 순간 남자들은 이빨 뽑힌 짐승처럼 힘을 잃게 된다.

힘을 잃은 남자의 대표적인 증상이 뭔지 아니?

대인기피증이란다.
사람을 만나기 싫어지는 거야.
누군가를 만나는 게 두려운 거지.
견장이 떨어진, 나약한 자신을 사람들에게 보여주기 싫다는 거지.
그래서 집을 지키게 되고, 사회생활에 아주 소극적인 모습을 보이게 되는 거지.

내가 아는 거의 모든 가정이 비슷한 상황이더구나.
할머니는 밖으로 나가 적극적인 인생을 꾸려나가는데, 할아버지는 방구석에 앉아 궁상을 떠는…….

여러 가지 원인이 있을 것이다.
떨어진 견장, 거기에 따른 정신적 충격은 당연하겠지.
'남들이 나를 어떻게 볼까?'
'나도 한창때는 잘나갔는데, 이런 나를 보잘 것 없는 늙은이로 보는 것은 아닐까?'
'아무도 나를 인정해주지 않겠지?'
'차라리 집에나 있자.'
대부분의 남자들이 이렇게 되는 것이다.

또 한 가지 중요한 이유가 있다.

그것은 바로 돈이다. '경제력'이라는 거창한 말로도 바꿀 수가 있겠구나.

직장을 갖고 있거나 현역에서 사업을 할 때는 자기가 번 돈을 당당하게 쓰면서 자신의 존재를 과시할 수 있었는데, 그게 불가능해진 거지.

총알이 없는 병사는 전쟁을 할 수 없지 않겠니?

때로는 친구, 때로는 후배, 때로는 동료.

그런 사람들을 만나 총을 쏴줘야, 그들이 나를 기억해주거든.

그런데 그 총알이 모두 떨어지니 어떻겠니?

물론 여자도 총알이 있어야겠지. 그런데 내가 경험한 바로는 여성, 특히 할머니들은 경제력에 크게 구애를 받지 않는 사회 활동을 즐기더구나.

경제력이 떨어지면 떨어진 대로, 거기에 맞춰 살아가는 거지.

비슷한 입장, 비슷한 경제 수준의 할머니들을 만나 어울리면서 새로운 삶의 활력을 찾곤 하는 거지.

그런데 남자는 그게 아니더구나.

과거의 수준을 유지하지 못하면 극도로 불안해진다는 거지.

적어도 자신이 젊었을 때 유지하던 수준의 삶, 특히 경제력을 유지하지 못하면 급격하게 힘을 잃고 마는 거야.

이 사회가 그렇게 만들어간 것인지도 모르겠다.

아니, 스스로 그렇게 되어가는 것인지도 모르겠다.

여기에 남자의 불행이 있다고 생각한다.

여기에서 남자의 불행한 노년이 시작된다고 아빠는 생각한다.

과거는 잊고, 현재를 기준으로 살아가야 하는데, 그래야 다시 행복을 찾을 수 있는데 남자는 과거의 수준을 여전히 기대하고 있는 거야.

현실은 그게 불가능한데 말이다.

아빠가 이 엄청난 계획을 꾸민 이유도 거기에 있단다.

예전의 나를 유지하기 힘든 현실, 오늘의 내가 예전의 나를 훼손할 수밖에 없는 현실, 이 현실을 받아들일 수가 없는 거지.

지금의 나를 예전의 나로 되돌릴 수 없다면, 지금의 내가 되기 전, 다시 말하면 예전의 꽤 괜찮던 내가 끝나기 전에 삶을 마감할 수밖에 없다는 생각을 하게 됐단다.

이것은 절대로 불행한 선택이 아니라고 나는 생각한다.

어쩌면 가장 행복한 선택일지도 모른다고.

내가 젊은 시절에 열심히 노력을 해서 돈을 많이 벌어놨다면, 이런 생각, 이런 판단은 하지 않았을까?

젊은 시절에 나에게 대박 운이 터져 '벼락부자'가 되었다면 이런 생각, 이런 행동을 하지 않았을까?

그래, 나는 망가지기 전의 나를 이 세상에 남기고 싶은지도 모르겠구나.

무너지지 않은 모습으로 기억되고 싶었다.

너에게도, 세상에게도. 그 무너짐을 감수하는 것이야말로 진정한 자존감을 지키는 일인지도 모른다는 생각이 문득 문득 들기도 하지만, 나는 그 생각을 외면하련다.

나의 아내, 네 엄마

나는 네 엄마로부터 많은 것을 받았다.

늘, 모든 것을 받았다.

언젠가 엄마와 함께 등산을 다녀온 일이 있다. 아빠의 직장 동료들과 함께 떠난 등산이었다.

언제나 그렇듯 네 엄마는 버스에서 내리기 전부터 가방 정리를 하더구나.

먼저 버스에서 내린 아빠는 아무 생각도 없이 산을 올랐다.

오랜만의 등산이었으니 아빠에게도 엄마에게도 꽤 힘든 코스였던 것 같구나.

땀을 뻘뻘 흘리며 정상에 올라가 한숨 돌리려고 하는데 아빠의 직장 동료 한 분이 이런 말을 하더구나.

"산까지 와서 마누라를 부려먹는 사람이 있구먼. 참 용기도 좋아. 그러다 늙어서 고생한대요."

알고 보니 네 엄마가 배낭을 혼자서 메고 오는 것을 보고 한 말이더구나. 뜨끔했다.

전혀 예상하지 못한 동료의 공격에 얼굴이 빨갛게 달아올랐다.

엄마는 누군가 백화점 상품권이라도 한 장 주면 꼭 그것으로 아빠나 너의 물건을 사곤 했다.

자신을 위해서는 정말 아무것도 쓰지 않는 그런 사람이었지.

아마도 이 세상에 엄마만큼 자신을 위해 돈을 쓰지 않는 사람은 없을 거라는 생각이 드는구나.

특히 엄마는 옷을 사지 못했다. 나는 직장 생활을 하면서, 너는 학교 생활을 하면서 기죽지 않고 살아야 한다는 이유로 늘 옷은 나와 너의 몫이었지.

단 하나의 물건도 자신을 위해 사본 적이 없는 네 엄마에게 마지막으로 마련해주고 싶은 것이 바로 이 집이었다.

아빠는 엄마가 이 집을 담보로 연금이라도 받아서 조금이나마 여유를 즐기길 원했는데…….

아직도 나는 그때의 등산 가방을 만질 용기가 나질 않아.

네 엄마가 너무 보고 싶다.

이 아파트가 아빠의 유일한 유산이란다.

네가 그와 함께, 저 거친 정글에서 싸우고 돌아왔을 때
작은 따스함이라도 만들어줄 수 있는 공간이 되기만을 바란다.
엄마와 아빠 대신. 엄마 대신 네가 받아주렴.

보험

네가 학교를 졸업하고, 사회라는 거친 정글로 나가던 그날을 나는 지금도 잊을 수가 없구나.

마냥 어린 줄만 알았던 네가 밥벌이를 하겠다고 나서던 그때, 내 마음 구석에서는 크고 굵은 동아줄이 '뚝' 하고 끊어지는 느낌이 들더구나.

'이제 정말로 내 곁을 떠나는구나.'

내가 벌어다준 밥을 먹고, 내 눈길 속에서 커오던 네가, 네가 번 밥을 먹고, 다른 사람들의 눈길 속으로 들어가게 됐다는 생각을 하니 얼마나 먹먹하던지.

이 사회에서 당당히 한 사람의 몫을 하게 된 너를 보고 기뻐했어야 할 아빠는, 네가 둥지를 떠나는 것에 대한 섭섭함을 먼저 느끼게 되더구나.

따지고 보면, 그게 바로 이 아빠의 짐을 덜어줄 수 있는, 네가 나에게 해줄 수 있는 최고의 선물이었는데도 말이다.

그렇게 느리고, 어리숙하게 너를 사회로 내보냈지만, 너는 정말로 당차게 살아가줬다.

그 모든 것이 나에게는 축복이었고, 힘이었다.

너를 위해 뭔가 하나 해주고 싶었다.

아빠는 인생을 살면서 종교를 믿지 않았고, 보험을 신뢰하지 않았다.

눈에 보이지 않는 것은 믿지 않았어. 확률이 낮은 것도 믿지 않았지.

이건 젊은 시절. 그러니까 신혼 시절의 이야기다.

엄마가 어느 날 보험을 하나 가입했더구나.

아빠와 상의도 없이 말이야. 아빠는 화가 나서 당장 해약하라고 소리를 질렀다.

나중에 알고 보니 엄마는 아빠 친구의 어머니로부터 권유를 받고 암보험에 든 것이더구나.

집안 형편이 그렇게 좋지 않았던 아빠 친구의 어머니가 찾아와 이야기를 하는데 거절할 수가 없었다더구나.

좋은 의도였다는 생각에 그 일은 잊었다.

네 엄마는 자주 보험 얘기를 하더구나.

우리 집의 경제가 어렵기 때문에 오히려 보험을 들어야 한다는 설명을 하더구나.

불안한 현재도 그렇지만, 불투명한 미래가 더 참기 어렵다는 말을 자주 했지.

착한 네 엄마는 보험을 부정하는 아빠의 뜻 때문에 몇 가지 보험을 들고 싶어 했지만 결국 하나도 들지 못했단다.

네 엄마가 가장 원한 보험은 암보험이었다.

친정 가족들의 건강 상태를 보면 자신도 암에 걸릴 가능성이 높다는 생각이 든다는구나.

엄마는 대부분의 주변 사람들이 암보험에 가입하고 있는 것을 무척 부러워하곤 했다.

아마도 암보험을 들었을 때의 그 든든함이 부러웠던 것 같았다.

"암 걸려서 돈 걱정하는 꼴은 정말 못 보겠어요."

엄마가 자주 입에 담던 말이다.

아빠가 세상을 그만 떠나겠다는 계획을 세우면서 꼭 하나 너에게 해주고 싶었던 것이 있었다.

그것은 바로 보험이다.

네 이름으로 암을 비롯한 꽤 많은 질병을 보장 받을 수 있는 보험을 하나 가입했다.

네 엄마가 저 세상으로 가고 나서 가입을 했다.

내가 없는 거친 정글에서 힘들게 싸워 가야만 하는 너에게 남길 수 있는 건 이것뿐인 것 같구나.

내가 오로지 내 의지로, 너를 위해서 마련한 선물로서는 말이다.

아빠는 아무것도 남기지 못한다

나는 너에게 시시콜콜 묻지 않았다.

너는 거친 정글에 나가서도 잘도 싸워줬다.

너는 '패자의 약한 모습'을 나에게 한 번도 보인 적이 없었다.

때로는 서럽고, 때로는 아프고, 때로는 분하기도 했을 테지만, 너는 잘도 참고 견디는 것 같았다.

그 정글에서 잘 싸워준 대가로 너는 매달 얼마 정도의 월급을 받아왔을 테지만, 나는 그것을 알려고 하지 않았고 묻지도 않았다.

네가 첫 월급을 받던 날, 백화점에서나 볼 수 있을 최고급 면도기를 하나 사왔다.

나는 한동안 그 면도기를 방에 고이 모셔놓고 너를 타박하곤 했다.

"왜 쓸데없는 것 사가지고 다녀, 애써 돈 벌어서……."

딸아!

날이 세 개나 달린 그 멋진 면도기는 날이 갈수록 주름살이 하나씩 늘어나는 내 얼굴 구석구석을 지금도 잘 돌아다니면서 임무를 척척 수행하고 있단다.

늦었지만 고맙구나.

그때는 네가 너무 큰 출혈을 한 것 같아서 고맙다는 인사도 한마디 못 했었구나.

너에게 남자가 생기는 일.

솔직하게 이야기하면 그것은 두려운 일이었다.

싫지는 않았지만, 두려웠다. 만나는 것이 두려웠고, 만나서 이야기할 일이 두려웠다.

어떤 때는 나로 인해 네가 어떤 약점이라도 잡히는 게 아닐까 하는 생각이 들기도 했다. 자격지심이라고나 할까?

어떤 때는 그 남자가 내 딸의 행복을 보장해줄 수 있을까 하는 생각 때문에 두려웠다.

그 보장을 받아낼 자신도, 방법도 없었기에 불안했다.

너를 홀로 남겨두려는 계획을 하나씩 하나씩 세워온 나로서는 무엇보다 그 '보장'이 필요했다.

그래서 어떤 날은 이런 생각도 했다.

그를 만나면, 내가 무릎을 먼저 꿇고 "내 딸을 끝까지 행복하게 해주겠다는 약속을 해달라"고 빌어볼까…….

아직 나는 너의 남자에 대해 자세히 알지 못한다.

나는 늘 너를 믿어왔듯이 네 선택을 믿고 싶다는 생각을 하고 있다.

네가 데이트하러 가는 것에 대해 이야기하지 않았지만, 나는 네가 그를 만나러 가는 날을 알고 있었다.

너의 표정에서 그걸 읽을 수 있었기 때문이다.

어딘가 들떠 있는 너의 그 표정에서 말이다.

그런 날 나는 하루 종일 걱정을 했다.

"오늘 하루가 아니라, 단지 오늘 하루가 아니라 평생 행복하게 해줄 수 있는 사람이어야 하는데……."

딸아, 아빠는 아무것도 남기지 못한다.

고백을 하나 하겠다.

아빠는 너를 낳았을 때 이런 생각을 했다. 지금 생각하면 참으로 한심하기 그지없다.

"(딸을 낳은 것이)잘 된 일이야. 아무것도 남기지 않아도 되잖아."

아들에게는 뭔가를 남겨야만 하고 딸에게는 남기지 않아도 된다는, 지극히 고리타분한 생각이 바탕에 깔려 있는 발상이었지만, 그때는 그랬다. 그래서 미안하다.

아무것도, 심지어는 나의 성까지도 남기지 않게 돼서 좋다는 생각을 한 적도 있다.

어쨌거나, 너에게는 딱 한 채의 집만이 남겠구나.

이 작은 집 한 채가 '유산'이라는 이름을 달고 네 앞에 남겨지겠구나.

이 집에는 너와 아빠가 살아온 흔적이 여기저기 묻어 있겠지.

그래, 아빠가 남길 수 있는 재산은 이 집뿐이다.

이 집은 네 엄마가 온전한 노년을 보낼 수 있는 공간이 되길 바라는 마음으로 필사적으로 지켜온 마지막 재산이다.

최소한 엄마가 인생을 마감할 때까지는 공간에 대한 걱정은 하지 않기를 바라는 마음으로 마련한 것이다.

많은 것을 생각했다.

쇼핑 시설, 의료 시설, 녹지 등 노년 생활에 꼭 필요한 시설들이 가까운 곳에 있는 곳으로 골랐다.

그리고 엄마가 주변 사람들에게 기죽지 않고 살 수 있을 정도의 면적을 확보하기 위해 노력했다.

네 엄마나 나나 집에 대한 그리움이 컸다.

네 엄마와 아빠가 결혼할 당시 아빠의 집은 허름한 도심에 있는 판잣집이었다. 친구를 데리고 오기가 창피할 정도로 낡은 집이었지.

아빠의 방은 몸을 간신히 눕힐 수 있을 정도로 좁았고, 화장실은 집 밖의 공동 화장실을 써야 했다.

엄마도 그랬다. 내가 결혼할 때 네 엄마의 친정집은 13평 아파트였으니까.

아빠와 엄마는 늘 큰 공간에 대한 그리움이 있었다.

우리보다 넓은 아파트에 사는 사람을 만나면 늘 기가 죽고는 했어.

이 집은 네 엄마와 너와 아빠의 숨결이 있는 곳이다.

아빠와 엄마 인생의 결정이다.

이 아파트가 아빠의 유일한 유산이란다.

네가 그와 함께, 저 거친 정글에서 싸우고 돌아왔을 때 작은 따스함이라도 만들어줄 수 있는 공간이 되기만을 바란다. 엄마와 아빠 대신.

엄마 대신 네가 받아주렴.

몸

아침에 눈을 뜨면 늘 감각이 둔하다.

분명 내 몸인데, 내 몸이 아니다.

눈을 떠도 세상이 보이지 않는다.

나는 늙어간다. 내 마음은 낡아간다.

약에 의존해 잠을 자기 시작한 뒤 나타난 증상이다.

약의 힘으로 잠에 들기 시작한 지가 십 년은 넘었을 것이다.

처음 일주일 동안은 혼자서 버텼다.

나는 그때의 고통을, 그 충격을 스스로 이겨낼 수 있을 것이라고 생각했다.

날이 갈수록 고통은 심해졌다.

나는 그 누구에게도 나의 고통을 이야기할 수 없었다.

세상 사람들의 생기가 먼 나라 이야기 같았고, 그 어떤 의욕도 경멸스러웠다.

잠자리에 들면 우울한 일들만 떠올랐다.

어렵게 잠에 빠져들어도 그것은 온전한 잠이 아니었다.

늘 악몽에 시달렸다. 놀라서 깨어나면 온몸이 땀으로 범벅이 돼 있었지.

눈을 감으면 늘 같은 패턴의 영상이 끝없이 움직였고, 나는 그 속으로 빠져들고 말았어.

그 속에서 나는 많은 대상과 싸웠다.

한 번도 이기지 못했고, 늘 짓눌려 있다가 비명과 함께 깨어나곤 했다.

결국 단 하루도 제대로 된 잠을 이룰 수 없었다.

아침 잠자리에서 일어난 직후, 처음에는 둔해진 감각 덕분에 피곤한 것도 몰랐다.

그러나 삼십 분쯤 지나서부터는 온몸에서 힘이 쫙 빠지면서 극도의 피곤함을 느껴야 했다.

이런 일이 매일 반복됐다. 결국 병원 신세를 졌다.

의사는 신경안정제를 포함한 약을 처방해줬다.

그 뒤로 지금까지 약을 먹지 않고는 잠을 이룰 수 없는 상황이 지속됐다.

약에 의존해 억지로 잠을 자서 그런지 몸은 갈수록 나빠졌다.
감각은 자꾸만 둔해졌고, 생각은 늘 부정적으로 바뀌었다.
그러는 사이 몸에서는 이런저런 적신호가 켜지기 시작했다.

나는 지금도 약이 없으면 한잠도 이룰 수 없다.

나의 밤은 몸을 갉아먹는, 고통의 시간일 뿐이다.

chapter 6

죽음을 그리워하며

아빠가 이 세상을 떠난다면, 너는 한동안 아빠를 그리워하겠지.
때로는 아빠가 무척이나 보고 싶어질 때도 있을 거야.
그땐 나무를 찾아가거라.
그 나무에는 너와 아빠의 숨결이, 너와 아빠의 대화가 그대로 남아 있을 테니까.

그런 꿈을 말이야

아이엠에프가 내 인생을 헝클어놓기 전 어느 가을, 나는 몇 차례 러시아에 간 적이 있다.

모스크바 공항에서 비행기를 갈아타고 들어간 곳은 이르쿠츠크(Irkutsk)라는 곳이었다.

그 유명한 바이칼(Baikal) 호가 있는 도시란다.

바이칼 호는 말이 호수지 바다 같더구나.

아빠는 그 바이칼 호가 있는 이르쿠츠크에서 기차를 탔다.

세계에서 길이가 가장 긴 철도라는 시베리아 횡단철도를 말이다.

침대칸이 있는 아주 멋진 열차였다.

거기서 나는 끝없이 달렸다.

밤에는 아무리 달려도 어둠뿐인 기차 안에서 나만의 시간을 가졌다.

어느 날이었다.
밤 열두 시가 넘자, 기차 안은 한결 조용해지더구나.
전날에는 보드카를 마시고 떠드는 사람들도 많았는데 그날따라 왜 그렇게 조용하기만 했는지.
덜컹덜컹.
들리는 것은 기차가 덜커덩거리는 소리뿐이었다.
창가 좌석에 자리를 잡고 앉았다.
밤새 달렸어. 달려도, 달려도 끝이 없는 대지.
그 누구도 나를 의식하지 않았지. 완벽하게 나 혼자만의 시간을 보낼 수 있었다.
달빛을 받은 하얀색 자작나무가 휙휙 기차 옆을 지나쳤지만, 그것들은 나를 단 한 번도 쳐다보지 않았다.

완벽했다.
나만의 시간을 보내는 데, 나만의 행동을 하는 데 완벽한 조건을 갖추고 있었다.

그때를 떠올린다. 그때의 그 조용함을 다시 그려본다.
"언젠가, 다시 그 기차를 타고 말 거야."
언젠가 내가 이 삶을 스스로 마무리할 수 있는 그날이 되면, 다시 그 기차에 몸을 싣는 거야.

하얀 중절모를 써보는 것은 어떨까?

어떤 영화감독처럼 까만 모자를 쓰는 것도 괜찮겠네.

여유 있는 깊이의 모자 하나 눌러쓰고, 가벼운 그러나 결코 가볍지 않은 배낭 하나 메고, 목에는 카메라를 하나 걸고…….

가고 싶은 곳까지 가다가, 내리고 싶은 곳에서 내려, 역시 발길 닿는 데까지 가다가, 먹고 싶은 것 먹고…….

그러다가 돈이 떨어지면, 기력이 떨어지면, 기차의 맨 마지막 칸에 앉아 있다가, 툭…….

그래 '툭'…….

철길로 '툭' 떨어져버릴까.

그렇게 해서 낯선 이국땅에서, 아름다운 기차 여행으로 생을 마감하는 것은 어떨까.

드넓은 시베리아 벌판. 사람은 단 한 명도 없는 그곳, 가도 가도 자작나무뿐인 그 벌판에서.

내 육신이 나뒹군 곳이 차가운 눈 위라면 더 좋을까. 핏자국이 남으니까 그것은 피하는 것이 좋을까.

아빠가 자주 읽는 시가 있다. 시는 이런 구절로 시작된다. "초경을 막 시작한 딸아이, 이젠 내가 껴안아줄 수도 없고/ 생이 끔찍해졌다/ 딸의 일기를 이젠 훔쳐볼 수도 없게 되었다". 아빠의 마음이 이 시에 담겨 있는 것 같다.

누군가 늘 나를 보고 있다는 생각 때문에
사람들을 피해 다니는 버릇이 언제부터 생겼는지 모르겠다
옷걸이에서 떨어지는 옷처럼
그 자리에서 그만 허물어져버리고 싶은 생;
뚱뚱한 가죽부대에 담긴 내가 어색해서, 견딜 수 없다
글쎄, 슬픔처럼 상스러운 것이 또 있을까

그러므로, 어느 날 나는 흐린 주점에 혼자 앉아 있을 것이다.
완전히 늙어서 편안해진 가죽부대를 걸치고
등뒤로 시끄러운 잡담을 담담하게 들어주면서
먼 눈으로 술잔의 수위만을 아깝게 바라볼 것이다

황지우, 「어느 날 나는 흐린 주점에 앉아 있을 거다」에서

이렇게 잠시 잠에 빠지기도 한다. 그리고 꿈을 꾼다. 아주 짧지만, 아름다운 꿈.

도시락 몇 개 싸가지고, 어느 낯선 나라의 기차를 타고 달리다, 지치면 거기서 잠들어버리는. 영원히 잠들어버리는…… 그런 꿈을 말이다.

아빠에게 오는 길

어느 해, 신문과 방송에 눈이 번쩍 띄는 기사가 하나 보이더구나.

'○○○ 교수, 나무와 함께 가다'.

대충 그런 제목을 단 기사들이 이 신문, 저 방송에서 쏟아졌다.

평소 자연 훼손이 심하고 관리가 번거로운 우리나라의 매장 문화에 대해 강한 반감을 갖고 있던 나에게는 '빅뉴스'가 아닐 수 없었다.

나의 뇌리에 강렬한 빛이 지나가는 느낌이 들었다.

그래, 바로 이거야. 내가 찾던 장례 문화가 바로 이거야.

나는 적지 않게 흥분했다. 내 주변에 있던 사람들의 손을 마주 잡아 흔들며 흥분까지 하던 생각이 나는구나.

아빠는 그때까지 '수목장'이라는 것에 대해 거의 알지 못하고 있었단다.

사람이 죽으면 화장을 하고 그 유골을 나무 주변에 묻거나 뿌린다는 장례법을 알고 난 뒤 나는 전율 같은 것을 느꼈단다.

'자연에서 와서 자연으로 돌아가는.'

이거다. 바로 이거다.

나는 주변 사람들에게 이렇게 소리를 지르기도 했다.

"나도 죽으면 꼭 나무와 함께할 거야."

나는 집에서도 네 엄마에게 이렇게 말하곤 했다.

"나는 죽으면 나무 곁으로 가고 싶어."

갑작스런 말에 엄마는 무척 놀란 표정을 짓더구나.

너에게도 말하고 싶었지만, 아직 어린 너에게 아빠의 죽음에 대해 이야기하는 것은 온당치 않다는 생각에 엄마에게만 말한 거란다.

네 엄마에게 수목장에 대해 자세하게 설명을 한 뒤, 내가 죽으면 꼭 나무 곁에 뿌려달라는 당부를 했단다.

그때는 몰랐다. 네 엄마가 나보다 세상을 먼저 뜨게 될 줄은.

엄마는 흔쾌히 승낙을 해주더구나.

"그래요. 정말 좋겠네요. 우리 같이 나무 곁으로 가요."

아빠의 수목장 사랑은 이때부터 본격화됐다고 보면 된다.

아빠는 어디를 가나, 누구를 만나든 수목장 예찬에 열을 올리곤 했다.

그런데 모든 사람들이 다 내 편은 아니더구나.

아빠는 그해 추석 친척 어른들을 만나 수목장 얘기를 풀어놨단다.

종손인 사촌 형님은 내 얘기를 자세히 듣더니, 이렇게 얘기했다.

"그래 취지는 참 좋구나. 그러나 우리 세대에서는 그게 쉽지 않다는 생각이 드는구나."

그것으로 끝이었다. 더 이상의 논의도 하지 않으려고 했다.

벽이 참으로 높아 보이더구나.

그날 대화를 나눈 친척 어른들은 "그래 다음 세대에나 생각해봐야 할 방안인 것 같구나"라며 오히려 자신의 묘지를 어디에 쓸 것인가에 대해 진지한 대화를 시작하더구나.

"그래, 내가 나서는 수밖에 없다."

이후 나는 친척들을 설득하는 것을 포기하고, 나와 뜻을 같이하는 주변 사람들을 설득하는 데 힘을 더 집중했다.

사람들을 만나면 수목장의 좋은 점을 설명해주고 함께 수목장으로 인생을 마감하자는 결의를 얻어내기도 했다.

그런데 문제가 하나 있더구나.

어떤 나무와 함께하지?

생각이 거기까지 미치자 암담하더구나.

아빠는 내 이름으로 된 땅은 단 한 평도 갖고 있지 않다.

물론 네 할아버지인 내 아버지에게도 개인 소유의 산은 없다.

내 나무가 없는데 어디로 가지?

한동안 아빠는 산을 직접 살 생각에 골몰했다.

내가 지금 살고 있는 곳에서 그리 멀지 않은 곳에 산을 사두자.

백 평이나 이백 평만 산을 사놓자.

거기에 내가 좋아하는 나무를 심어놓자.

이렇게 생각을 하니 마음이 조금 편해지는 느낌이 들더구나.

그러나 그게 다가 아니더구나. 이후 곰곰이 따져보니 내 이름으로 산을 사놓는 것이 무슨 의미가 있을까, 싶더라.

내가 죽은 뒤 산을 관리해줄 수 있는 사람이 있을까.

내가 사후를 도모하기 위해 산을 사고 나무를 키우는 것은 결국 묘지를 갖는 것과 마찬가지인 행위는 아닐까?

나 또는 가족이 내 사후에 대해 부담을 갖게 하는 것은 아닐까?

나의 산, 나의 나무를 소유하는 것은 아무런 의미도 없다는 생각으로 정리되더구나.

그래 아무것도 소유하지 말자. 말 그대로 자연으로 가자.

결론은 그거였다.

자연으로 돌아가자. 주인을 알 수 없는 어느 산골의 나무 곁으로 가자.

원칙을 정했다.

어느 산골에 있는 나무를 고르자.

가족들과 함께 그곳에 가보자. 그리고 함께 느끼자.
그 밑에서 이야기도 하고, 도시락도 까먹고 하면서 즐거운 시간을 갖자.
바로 그 나무 밑에 유골을 뿌리는 거다.
우리 가족이 즐거운 시간을 보내던 바로 그곳, 그 나무 아래에 말이다.

다만 몇 가지 조건은 필요하더구나.
가까운 시일 내에 산이 없어진다거나, 나무가 베어질 곳은 피해야 한다는 생각이 들더구나.
너희들이 아빠가 보고 싶고, 아빠가 그리워질 때 찾아올 수 있는 곳, 최소한 그런 곳은 되어야 하지 않겠니?

얼마 전 아빠는 너와 함께 나무를 심었다.
한 그루의 나무를 심으면서, 아빠는 많은 생각을 했다. 한 삽 한 삽 흙을 덮으면서, 그 나무에 많은 생각을 담았다.

아빠가 이 세상을 떠난다면, 너는 한동안 아빠를 그리워하겠지.
때로는 아빠가 무척이나 보고 싶어질 때도 있을 거야.
그땐 나무를 찾아가거라.
그 나무에는 너와 아빠의 숨결이, 너와 아빠의 대화가 그대로 남아 있을 테니까.
아빠가 보고 싶으면 나뭇잎을 보거라.

아빠가 만지고 싶으면 나무를 만져보아라.

얘야.

그 나무는 영원할 것이다.

만약 나무가 죽으면 그 자리에 어린 나무를 심어라.

그게 자연이란다. 그게 나무란다.

죽은 뒤에 새로 심은 나무에도 너와 나의 숨결이, 너와 나의 대화가 그대로 배어 있으리라.

세월이 지나면, 아빠에 대한 그리움도 옅어지겠지.

그게 순리니까.

그때는 억지로 나를 찾지 말거라.

나무는 여전히 물과 공기를 양분 삼아 자라고 있을 테니까.

네 자식이 할아버지 이야기를 하면 함께 나무를 찾아오거라.

할아버지가 있는 곳이라고 말해주렴.

어느 날 너와 내가 여기서 대화를 하고, 땅을 파고, 나무를 심은 이야기를 해주었으면 좋겠다.

할아버지는 죽었지만, 나무는 영원할 거라는 이야기를 꼭 해주거라.

chapter 7

가장 행복했던 사람

현관에 그가 들어설 때부터 나는 굳었다.
몸의 모든 기관이 얼어붙는 것 같았고, 시선이 자유롭지 못했다.
"아빠, 오늘 저녁에 같이 집으로 올게. 아빠에게 정식으로 인사시키고 싶어."
그 말을 들은 날, 나는 하루 종일 일이 손에 잡히지 않았다.

100세

아빠는 요즘 같은 세상에서는 '의학 발전을 위한 연구'는 모두 멈춰야 한다는 극단적인 생각을 하곤 한다.

의학의 발전이 사람의 수명을 늘려놓고 있지만, 그 사람의 사회, 경제적 활동을 위한 환경은 거의 개선되지 않고 있기 때문이다.

일자리도 없고, 돈도 없는 노인의 수명을 덮어놓고 늘려놔봐야 무슨 소용이 있겠니?

한 신문에 이런 기사가 실렸더구나.

"100세 인생, 축복이 아니다."

의료기술 발전으로 평균수명이 늘어나고 있지만, 국민 열 명 중 네 명 이상은 '수명 연장은 축복이 아니다'라고 생각하는 것으로 나타났다는 조사 결과가 소개됐더구나.

한 연구 기관이 공개한 '인생 100세 시대 대응 국민 인식 조사 결과'를 보면, 평균수명 연장으로 90세 또는 100세 이상 사는 현상을 축복으로 여기지 않는다는 응답이 43.4퍼센트였다고 하는구나. 평균수명의 연장이 축복이라고 답한 비율은 28.7퍼센트에 그쳤고, 28퍼센트는 '그저 그렇다'고 답했다고 한다.

오래 사는 것을 축복으로 받아들이지 않는 이유로는 '노년기가 너무 길어서'가 38.3퍼센트로 가장 높았다. 30.6퍼센트는 빈곤과 질병, 소외와 같은 노인 문제를 꼽았고 24.1퍼센트는 '자식에게 부담이 될 것 같다'고 답했다.

이 조사에서 국민들이 가장 선호하는 희망 수명은 80~89세(59.3퍼센트)로 나타났다는구나. 그 다음은 70~79세(20.9퍼센트)가 차지했으며 100세 이상은 8.2퍼센트, 90~99세는 7.8퍼센트에 그쳤다고 한다.

수명 연장으로 은퇴 후 경제활동 필요성이 증가하면서 응답자의 32퍼센트가 연령과 관계없이 건강이 뒷받침해줄 때까지 일하기를 바란다는 조사결과도 소개됐더구나.

65~69세까지 일해야 한다는 비율은 31.5퍼센트, 60~64세는 25퍼센트, 70세 이상은 11.5퍼센트였다고 한다.

노후에 건강이 나빠져 타인의 도움이 필요할 경우에는 노인 요양 시설 · 노인 전문 병원에서 지내겠다는 응답이 44.5퍼센트로 가장 높았으며 자녀에게 의존하고 싶다는 응답은 5.6퍼센트로 가장 낮았다고 신문은 전하더구나.

다시 말하지만, 나는 우리나라를 포함한 전 세계가 새로운 의료 기술을 개발하기 위해 노력하고 있는 데 반대한다. 특히 노인의 수명을 연장시키기 위한 의료 기술이라면, 더욱 강력하게 반대하고 있다.

사회는, 국가는 우리 인간의 수명 연장을 위한 노력을 기울이기에 앞서, 나이가 들어도 일을 할 수 있는 환경, 먹고살 수 있는 환경을 먼저 만들어낸 뒤 의학 연구에 들어가야 할 것이다.

만약, 우리 인간이 일을 하면서 먹고살 수 있는 환경을 더 이상 만들 수 없다면, 수명 연장을 위한 의료 기술 개발은 당장 멈춰야 하지 않을까.

아빠의 마음이 설문 조사 결과에 담겨 있구나.

나뿐만이 아니었다.

늙음을 견디기 어려워하는 사람이.

가장 행복했던 사람

그날, 그날, 그날.

많은 날들이, 많은 일들이 아련하게 떠오르는구나.

네가 이 세상에 산타 할아버지가 정말로 있다고 믿었던 것이 언제까지였는지 아니?

내 기억으로는 초등학교 일학년 때까지 너는 산타의 존재를 정말로 믿고 있었다.

네가 말을 배우고 나서부터 그때까지, 정확하게 말하면 산타가 성탄절 선물을 가지고 와서 양말 속에 넣어둔다고 믿던 그때까지 "크면 나는 아빠랑 결혼할 거야"라는 말을 입에 달고 다녔다.

물론 말도 되지 않는 말이지만, 아빠는 정말로 그때가 행복했고 그 말이 고마웠단다.

내가 웃음을 감추지 못하고 있으면, 네 엄마가 와서 주책이라고 옆구리를 찔러댔지만.

네 말을 들었을 때의 그 행복한 기분은 잊을 수가 없구나.

그 무한한 신뢰가 가져다준 행복 말이다.

너와 나, 그리고 그.

네 남자친구를 처음 만났을 때다.

현관에 그가 들어설 때부터 나는 굳었다.

몸의 모든 기관이 얼어붙는 것 같았고, 시선이 자유롭지 못했다.

"아빠, 오늘 저녁에 같이 집으로 올게. 아빠에게 정식으로 인사시키고 싶어."

그 말을 들은 날, 나는 하루 종일 일이 손에 잡히지 않았다.

"그래, 부모님은 무슨 일을 하시나?"

화장실에 가서 혼자서 이런저런 인사말을 연습하기도 했다.

막상 그가 집으로 들어오자, 아빠의 말문은 완전히 막혀버렸다.

작은 찻상 앞에 셋이서 앉아 있다가, 네가 주방에라도 가면 왜 그렇게 어색하고 힘이 들던지.

'이런 때 네 엄마라도 있었으면 좋았을 텐데…….'

네 엄마가 없다는 게 그때만큼 나에게 큰 공백으로 다가온 때도 없었을 것이다.

일 분이 한 시간 같았다.

그날 너는 내내 그와 나의 통역이 돼줬다.

그날 나와 너와 그는 모두 힘이 들었지만, 우리 셋은 모두 미래의 행복을 생각했다.

나는 그렇게 믿었다.

나만큼은 아니지만, 나처럼 쑥스러워하는 그가 마음에 들었다.

"그래, 남자가 팔랑거리고 가벼워서는 안 되지."

그날 참으로 어색했지만, 그리고 참으로 힘들었지만, 많이 행복했다.

아니다. 행복이 보여서 행복했다.

내 딸의 행복이 보이는 것 같아서 마음이 놓였다.

절대로 술 취한 모습 보이면 안 된다는 너와의 약속 때문에 나는 그날 그 앞에서 술을 한 방울도 안 마셨다.

대신 나는 그날 저녁, 그가 가고 난 뒤 네 손을 붙잡고 코가 삐뚤어지도록 술을 펐다.

행복하고 든든했다.

괜히 눈시울이 붉어지기도 했다.

딸아, 그런데 말이다.

왜 그런 행복을 두고 세상을 떠나고 싶냐고 묻고 싶겠지.

안다. 자살은 참으로 비겁한 행위다.

거기에는 패배와 도피의 그림자가 드리워져 있다.

그렇다, 비겁한 행위. 이보다 더 비겁할 수는 없다.

자살은 주변 사람들, 특히 가족에게 엄청난 아픔을 줄 것이다.

스스로 목숨을 끊으려면 정당한 이유를 통해 주변 사람들을 설득하지 않으면 안 된다.

그 행위에 어떤 가치가 있고, 어떤 타당한 이유가 있는지를 상세하게 설명해야 한다.

그래서 가족, 혹은 친구들의 입에서까지 '잘한 자살', '행복한 자살'이라는 소리가 나와야 한다.

네가 듣기에는 기가 막힐 수도 있겠지만.

적어도 남아 있는 사람들에게 상처를 주는 자살만은 절대로 하지 말자.

그래서 나는 십여 년을 준비했다.

이 모든 이야기를 일기처럼 기록하는 것도 따지고 보면, 너를 설득하기 위한 것인지 모르겠다.

특히 너를 이해하지 못하는 너의 주변 사람들을 설득할 수 있는 근거를 마련해주기 위함인지도 모르겠다.

아마 내가 자살을 하면 너는 갑자기 불행한 사람이 돼 있을지도 모른다.

'정말 문제가 많은 집안에서 태어나 자라고 있었구나.'

친구나 네 주변 사람들은 모두 그런 생각을 할지도 모르겠구나.

그래, 그때 나의 이 글을 인용해라.

나의 이 글을 인용해 네 주변 사람들을 설득해라.

이 세상에서 가장 행복하게 죽은 사람이 바로 우리 아빠라고.

자살은 철저하게 준비가 돼 있어야 성공할 수 있다.

시나리오가 있고, 계획이 있어야 한다.

주변 모든 사람들을 설득할 수 있는 이유가 있어야 하고, 자살한 사람이나 그 사람의 가족을 불쌍하게 만들지 않아야 한다.

적어도 오 년, 길게는 십 년 정도 계획을 세우고, 계획을 수정하고, 생각을 가다듬고 묵히고 삭혀 결정해야만 한다.

그런 세월과 과정을 거치다보면, 자살이 최선의 선택이 아니라는 생각도 할 수 있다.

그때까지 미처 발견하지 못한 것들이 눈에 들어올 수 있으니 말이다.

그런 경우에는 과감하게 자살을 포기하면 되는 것이다.

이 세상은 자살보다 몇 배나 가치 있고, 재미있는 일이 있을 테니 말이다.

미래

내 장례식장에는 누가 올까.

나는 누가 와주기를 바라고 있는 것일까.

누구누구는 와줬으면 하는 생각을 하게 되고, 누구누구에게는 나의 죽음 자체가 알려지지 않기를 바라기도 한다.

죽는 순간, 모든 것이 부질없는 일인 것을 알면서도, 살아 있는 동안의 집착은 참으로 끝이 없다는 생각이 든다.

한 사람이라도 오게 된다면 죽은 내가 아니라 살아 있는 사람, 이를테면 너를 위해 와줘야 한다.

찾아와준 사람의 수가 인생의 성패를 결정하는 이 이상한 사회에서는 말이다.

갑작스럽게 연락을 받은 사람들은 영문을 몰라 눈치를 살필지도 모른다.

"어떻게 된 거야?"

자살에 대해 이야기하는 것은 쉽지 않지.

자살은 보통 죽음과는 또 다른 메시지를 담고 있다.

그래서 사람들이 그동안 자살에 대해 이야기하는 것 자체를 피해온 것인지도 모르겠다.

자살은 이야기하는 것만으로도 그것을 부추기는 느낌이 든다. 그만큼 불편한 주제이다.

너도 예상하겠지만 자살한 사람의 장례식장은 참으로 싸늘할 것이다.

유족이나 문상객이나, 대화의 주제를 찾지 못하겠지. 허허롭지.

'어떻게 돌아가신 건가요?'

'어떤 병환이 있으셨나요?'

절을 끝낸 문상객이 통상적인 질문을 던진다.

상주는 대답을 머뭇거린다. 자세히 설명할 수가 없겠지.

"갑자기 돌아가셨어요."

눈치가 빠른 사람은 식사를 하면서, 사람들과 대화를 나누면서 자살이라는 사실을 알아챈다.

뭔가 식장에 흐르는 공기가 무겁다.

아무런 사연도 모르는 몇몇 사람들이 떠들어대는 경우가 있지만 그 사람들을 바라보는 다른 사람들의 눈초리가 예사롭지 못하다.

자살은 왜 이처럼 무거울까.

자살은 '신의 권한'에 대한 도전일까?

죽음은 피할 수 없다.

그러나 자살은 '피할 수도' 있다.

자살하는 이들은 자신을 바라봐주지 않던 세상에 대해 하나의 경고를 남기고자 하는 것인지 모르겠다.

어쩌면 자기 목에 줄을 감거나, 자기 몸에 독약을 쏟아붓는 행위 자체가 사람들에 대한 강한 경고인지도 모른다.

충동으로 인한 자살자들은 자신을 다시 한 번 돌아보거나 재평가하는 등의 노력을 포기한 것과 다름없다.

적어도 지금까지 많은 사람들은 자살하는 사람들이 지나간 과거에 사로잡혀 죽음을 선택한다고 생각했겠지.

사람들은 많은 자살자들이 온갖 부정적인 느낌에 함몰된 채로 자살을 선택한다고 생각했겠지.

과연 그럴까?

과거에 사로잡혀 죽음을 선택했다?

아니다. 적어도 나의 경우는 아니란다. 나는 과거, 그러니까 지금 이전의 모든 일에 만족한다.

결코 화려하거나 여유 있는 인생, 모든 사람들에게 존경을 받을 수 있는 훌륭한 인생은 아니었지만, 나는 나의 과거에 대해 만족한다.

내가 사랑했던 아내와 내가 아꼈던 딸과의 시간들…… 나는 이 과거를 사랑하고 아낀다.

내가 자살을 택하는 이유는 '미래' 때문이다.

지금부터 닥쳐올 앞으로의 현실, 거기에서 달아나려는 것이다.

미래에 닥쳐올 그 어떤 어려움으로부터든 피하고 싶다는 거야.

늙고 병들어 피해를 주는 그런 삶.

내가 사랑하는 아내가 없는 삶.

나는 그것들을 감당할 자신이 없단다.

자괴감을 느끼고 싶지 않기에 자살을 선택하는 것이다.

내 이기심을 용서할 수 있겠니?

그래. 아빠는 그날 정말 큰 아픔을 느꼈단다.
네 엄마가 죽고 난 뒤 아빠는 이런 생각을 했단다.
'이제는 나구나.'
그때부터 아빠의 계획은 구체화됐다.

그러나 너…….

다 그렇게 떠나간다

오늘 나는 가장 존경하는 사람의 죽음을 알았다.

그는 죽었다.

스스로 목숨을 끊었다.

그는 자살을 선택했다.

그의 죽음이 결코 믿어지지 않지만, 그는 죽었다.

그게 현실이다.

그의 죽음을 접하고 한동안 정말 아무것도 할 수 없었다.

나는 쉽게 사람을 존경할 수 없다.

많은 위인전을 읽었지만, 진짜 위인이라고 느낀 사람은 없었다.

어딘가 누가 지어낸 것 같은 이야기뿐이었다.

'사람이 어떻게 그렇게 완벽할 수 있을까. 이건 거짓일 거야.'

늘 그렇게 생각을 했다.

위인전에 나오는 사람이 위선자라는 생각을 한 것은 아니다.

다만 위인전을 쓴 사람이 거짓을 썼을 것이라는 생각을 했다.

아마도 위인전에 나오는 몇몇 인생을 내가 직접 볼 수 있었다면 아빠는 그들을 진짜 존경했을지도 모른다.

때로는 볼품없는 모습, 때로는 나쁜 모습까지 보면서 함께 살았다면 나는 그들을 존경했을지도 모른다.

딱 한 사람, 나는 그의 진실을 봤다.

그의 연약함을 봤다.

그의 부끄러워하는 모습에서 순수를 봤다.

그래서 나는 그를 존경하기 시작했다.

내 인생에서 딱 한 사람 존경하는 사람이 그였다.

나는 그 사람을 직접 본 적도 없다.

기회가 있으면 그 사람을 꼭 만나서 이야기도 하고, 그의 향기를 맡아 보겠다는 생각을 하고 있었다.

그때 그가 죽었다.

나는 그의 죽음을 접하고 한동안 정말 아무것도 할 수 없었다.

그는 죽음으로 무엇인가를 이야기하고 있었다.

그가 죽음을 통해 이야기하고자 하는 것이 무엇인지 나는 알았다.

그가 나에게 한 이야기를 나는 모두 들었다.

그가 죽음으로 이야기를 하기 전에 이미 그의 뜻을 알고 있었다.

그의 죽음은 무엇일까.

그를 막다른 골목으로 몰아넣은 사람이 있다. 그를 죽음으로 몰아넣은 사람이 있다.

나는 그를 두둔할 생각이 없다. 그는 죽음으로 사람들에게 이야기를 했다. 그는 죽음을 하나의 소통 방법으로 택했다.

죽음이 하나의 수단인 것이다.

많은 사람들이 그가 죽음을 통해 말하고자 한 것을 알아들었다. 사람들은 그가 죽음으로 보낸 메시지를 알아들었다.

하지만 내가 앞으로 선택하는 행위는 그것과는 또 다르단다.

나의 선택은 남아 있는 사람에 대한 항변이나 저항이 아니다.

누군가를 향한 메시지도 아니다.

어떠한 설명도, 해명도 아니지.

오직 스스로의 행복을 위한 선택일 뿐이다.

나는 개인적인 행복을 위해 이 길을 선택한 거란다.

그래, 나는 순수하게 나를 위해 이 길을 선택했다.

기다림

나도 자식을 키워보니 알겠더구나.

부모에게 있어 가장 큰 슬픔은 무엇일까.

아직 나는 경험하지 못했지만, 아마도 자식이 죽는 것이 아닐까.

부모 앞에서 자식이 죽는 것, 부모가 살아 있는데 자식이 먼저 죽는 것, 그것만큼 부모를 아프게 하는 것은 아마도 없을 것이다.

나는 가끔 자식을 잃은 부모의 절규를 봤다.

그때마다 가장 큰 공명을 느끼고는 했다.

그때마다 무슨 일이 있어도, 자식이 부모보다 먼저 죽어서는 안 된다는 생각을 했다.

이 세상에서 가장 큰 불효는 부모보다 먼저 죽는 것이라는 말이 있는데, 참으로 맞는 말이라는 생각이 든다.

아빠의 자살은 오래 전, 그러니까 십 년 전부터 준비가 됐다.

그때는 바로 죽고 싶었고, 바로 죽어야 한다고 생각했다.

내가 그때 자살을 감행하지 못한 여러 이유 중에 하나…….

네 할아버지와 할머니, 그러니까 나의 엄마와 아빠가 살아 계셨기 때문은 아닐까?

그분들이 살아 계시는 한 아빠는 절대로 죽을 수 없다고 생각했다.

그래서 나는 기다렸다.

부모님이 돌아가시기를 기다린 것이 아니라, 부모님이 돌아가신 뒤 순리에 따라 내가 갈 수 있는 날을 기다린 것이다.

부모님은 나에게 그렇게 많은 기다림을 허용하지 않으시더구나.

어쩌면 그렇게도 사이좋게 불과 이 년 사이에 떠나실 수가 있을까?

오래 함께하신 분들이 그렇다더구나. 한 분이 가시면, 남은 한 분도 금방 따라가시더라.

그리움 때문은 아닐까.

부모님이 모두 저세상으로 가시고, 다 큰 어른임에도 막막하기만 하던 감정이 다시 느껴지는구나.

그래. 아빠는 그날 정말 큰 아픔을 느꼈단다.

네 엄마가 죽고 난 뒤 아빠는 이런 생각을 했단다.

'이제는 나구나.'

그때부터 아빠의 계획은 구체화됐다.

그러나 너…….

독한 사람

나는 자살로 생을 마감한 어떤 사람의 장례식에 갔다가, 자살한 사람은 이 세상에서 가장 이기적이고, 독한 사람이라는 원망의 말을 들은 적이 있다.

그렇게 죽은 사람의 장례식에서 사람들은 저마다 한마디씩 내뱉더구나.

"남은 사람은 어쩌라고 그렇게 떠나. 그렇게 안 봤는데, 정말 독한 사람이야. 그럼 유족은 뭐가 되는 거야. 평생 죄인이 되라는 거야. 하여튼 독한 사람이야."

그때 나는 처음으로 알았다.

'자살을 하는 사람은 참으로 이기적이고, 독한 사람이구나.'

나도 그때는 그렇게 생각했다. 자기만 생각하는 아주 못된 이기주의자들이나 자살을 감행하겠구나.

이후 나는 고인이 왜 자살을 선택했는지에 대해 자세히 들을 수 있었다. 물론 장례식이 끝나고 한참 지난 뒤였다.

고인은 건강 악화로 경제적 능력이 떨어지면서 주변 사람들과의 관계가 극도로 나빠졌다고 했다.

자존심이 유난히 센 고인은 사소한 말에도 상처를 받았고, 점차 부인과 자식들과의 사이도 멀어지게 되었다고 했다.

가족은 한동안 힘든 생활을 했다고 하더구나.

고인은 그래서 자살을 선택한 것이었다.

그렇다면 고인이 선택한 자살은 고인 자신을 위해서일까?

아니면, 부인이나 자식 등 주변 사람을 위해서일까?

나는 생각한다.

양쪽 모두를 위한 선택이었을 거라고.

자존심 센 고인이 선택한 길은 물론 자신만을 위한 것일 수 있다.

그러나 반드시 그것뿐일까. 고인이 자살까지 감행하게 한 원동력은 그것뿐일까.

아니다. 결코 아니다.

고인은 괴로움이란 게 전염된다는 사실을 알고 있었을 거야.

슬픔은 곰팡이와 같다는 것을.

그는 부인과 자녀들에게 자신과는 다른, 행복한 시간을 만들어주기 위해 그런 선택을 했을 것이다.

나는 생각한다. 고인도, 고인의 가족도, 그 누구의 삶도 나쁘지 않다고.

모두 괜찮은 삶을 살았다고.

우리는 늘 셋이서 달렸다.
네 엄마는 맨 앞에서 우리 가족이 가야 할 좋은 길을
안내하면서 달렸고, 나는 맨 뒤에서 너와 너의 엄마가
잘 가고 있는지를 살피면서 페달을 밟았다.

고통

우리는 늘 셋이서 달렸다.

네 엄마는 맨 앞에서 우리 가족이 가야 할 좋은 길을 안내하면서 달렸고, 나는 맨 뒤에서 너와 너의 엄마가 잘 가고 있는지를 살피면서 페달을 밟았다.

혹시 네 엄마가 길을 잘못 들지는 않는지, 네가 뭐라도 떨어뜨리며 가는 것은 아닌지 이것저것 살피면서 우리 가족만의 '자전거 소풍길'을 이끌곤 했다.

내 자전거 바구니에는 우리 세 가족이 쉴 수 있는 돗자리 두 장과 잠시 몸을 풀 수 있는 배드민턴채, 그리고 햇빛을 가릴 수 있는 작은 텐트가 들어 있고…….

네 자전거 바구니에는 네가 좋아하는 인형과 책들이 가득 차 있고…….

엄마 자전거의 바구니에는 도시락과 음료수, 그리고 '커다란 행복'이 가득 들어차 있었다.

우리 가족의 소풍은 결코 먼 곳으로 향하지 않았다.

집에서 한 시간 정도 자전거를 타고 가면 도착할 수 있는 근교의 산이나 강이 우리 가족의 놀이터였다.

다른 사람들은 좋아 보이는 차에 대형 텐트를 싣고 다니면서 폼 나게 놀았지만, 우리 가족은 늘 그렇게 온몸을 움직이며 서로의 존재를 확인하며 놀고는 했다.

"자전거 타면 운동도 되고 좋잖아……."

누가 묻거나 불평을 하지 않았는데도 나는 가끔 그런 변명을 늘어놓곤 했다.

나의 삶을 모두 받아주는 너와 네 엄마가 있었기에 나는 늘 행복했다.

그 작고 소소한 행복이 내가 진정으로 원해온 '진짜 행복'이라는 것을 요즘 더욱 뼈저리게 느끼게 되는구나.

네 엄마는 저세상으로 떠났고 나는 늙었으니까.

그런 행복을 뒤로 하고 어떻게 세상을 떠나야 할까?

늘 그때를 그리워했다. 그리울 때마다 네가 떠올랐다.

어떻게 죽으면 남아 있는 가족까지 행복해질 수 있을까?

아빠는 가장 행복하게 죽기 위해서는 우선 자신에게 고통이 없어야 한다는 생각을 하고는 한다.

행복하게 죽기 위해 그다음으로 중요한 것은 무엇일까?

바로 너다. 착하고 예쁜 딸의 삶…….

아이엠에프를 겪으면서 아빠는 자주 삶을 마무리하고 싶었다.

아빠는 죽음에 대한 하나의 원칙을 마련했다.

나의 죽음을 놓고 네가 자책하지 않도록 하는 것.

나의 죽음을 본 네가 나를 불쌍하다고 생각하지 않도록 하는 것.

행복한 기억만 간직하고 더 행복해지는 것.

그래 그다음에 떠오른 것은 무엇일까.

네가 '우리 아빠 너무 편안하게 돌아가셨어'라고 느끼게 하는 것, 바로 그것이었다.

나에게 있어서 가장 행복한 죽음은, 내가 고통 받지 않으면서, 네가 아빠의 죽음을 안타깝지 않게 느끼도록 하는 것, 바로 그것이었다. 다른 욕심은 없다.

모든 게 어려운 숙제였지만.

예기치 못한

가장 행복한 죽음은 어떤 것일까?

그동안 인생을 살면서 접한 몇 가지의 죽음을 통해 나는 그 답을 찾아 보곤 한다.

내 외할머니의 죽음이 가장 먼저 떠오른다.

초등학교에 다닐 때의 일이다.

어느 날 우리 집에 부고가 한 장 날아왔다. 그 시절, 핸드폰은 물론 전화도 없던 때여서 아마도 인편으로 전달됐던 것으로 기억된다.

내가 들은 것은 부고가 왔다는 것뿐이었으니까.

"할머니가 돌아가셨대."

할머니(나의 외증조할머니)의 부고를 접한 엄마(너의 할머니)는 무척 허둥대면서 눈물을 글썽거리셨다.

엄마는 서둘러 길을 떠나셨고, 며칠 뒤 무척 어두운 표정으로 돌아오셨다.

나는 엄마에게 따로 위로의 말씀을 드릴 것이 없었다.

"괜찮아?"

"응, 괜찮아. 그런데 할머니가 아니고 엄마가 돌아가셨대."

엄마의 말씀을 정리하면 이런 일이 벌어졌더구나.

당시 엄마의 친정에는 할머니와 엄마가 모두 생존해 계셨다.

그런데 부고를 전해준 사람이 엄마의 엄마가 돌아가셨다는 이야기를 확실하게 전달하지 못해 엄마는 당연히 할머니가 돌아가신 것으로 알고 친정에 가신 것이었다.

나중에 엄마로부터 들은 이야기를 그대로 정리해보겠다.

"정말로 깜짝 놀랐다. 할머니가 돌아가셨다는 소식을 듣고 친정에 갔는데 친정 대청마루에 할머니가 앉아 계신 거야. 나는 처음에 뭔가를 잘못 본 줄 알았어. 왜, 환영 같은 것 말이야. 그런데 그게 아니었어. 내가 잘못 본 것이 아니라 진짜로 할머니가 살아 계신 것이었어. 돌아가셨다는 할머니가 다시 살아나신 것은 아닐까 하고 있는데 여동생이 나를 붙잡고 이런 소식을 전하더구나. 어제 저녁 잠자리에 드신 어머니가 아침에 일어나 보니 돌아가셨다고……."

엄마의 할머니가 아니라 엄마가 돌아가셨던 거야.

아빠의 엄마 입장에서는 충격이 더 컸을 것이라는 생각이 든다.

엄마에게 직접 물어보지는 못했지만 할머니의 죽음과 엄마의 죽음은 그 충격이 아무래도 다르지 않겠니?

할머니의 죽음을 슬퍼하며 친정에 갔더니 엄마의 죽음이 기다리고 있는 상황, 그 상황을 어떻게 받아들일 수 있을까?

아빠의 엄마는 '엄마의 죽음'을 그렇게 맞이하셨다.

그런데 나는 그 이후로 엄마의 엄마, 그러니까 나의 외할머니가 가장 행복한 죽음을 맞이하신 분은 아닐까 하는 생각을 종종 했다.

일흔이 훌쩍 넘은 외할머니는 그 연세에도 시어머니를 모시고 살면서 늘 건넌방에서 며느리 역할을 했다.

하얀 백발에 인자하신 웃음은, 아빠가 평생 잊지 못할 내리사랑의 정표로 기억하고 있다.

시집와서 오십 년 넘도록 시집살이를 하신 외할머니.

일제시대와 한국전쟁을 거치면서 최악의 가난을 견디셨고, 집안에서 어른 대접은 단 한 번도 받으시지 못한, 신산의 세월을 보내신 분이다.

그러나 그 마지막 죽음만은 누구보다도 행복하게 맞이하셨다는 생각이 든다.

그 연세에도 늘 아침밥을 짓기 위해 새벽부터 부엌으로 나오시곤 하셨다는 외할머니는 '내일은 무슨 반찬으로 가족들을 즐겁게 하지'라는 생각을 하면서 잠자리에 드셨겠지?

그걸로 외할머니의 인생은 끝이 났다.

가족 누구도 예기치 못한 죽음.

외할머니 스스로도 전혀 예상하지 못한 죽음.

이것이 가장 행복한 죽음일 거야.

두려움을 피해 맞이한 죽음 말이다.

아무리 생각을 해봐도 예기치 못한 죽음이 가장 행복할 것이라는 생각이 드는구나.

지금 나는 '정확하게 예측할 수 있는' 그런 죽음을 계획하고 있단다.

chapter 8

뒤태가 아름다운 사람

아마도 고양이의 죽음이 바로
'뒤태가 아름다운' 죽음이 아닌가 싶구나.

나도 고양이처럼 멋진 뒤태를 보일 수 있을까?
나는 고양이처럼 삶을 마무리할 수 있을까, 그런 용기가 내게도 있을까?

조금씩, 조금씩
빈 칸을 채워가고 있다

기록은 나의 습관이란다.

이 글도 그런 습관에서 비롯된 것일지 모르겠다.

나는 초등학교 일 학년 때부터 지금까지 거의 모든 일을 기록해왔다.

지금은 누렇게 떠버려서 누가 보면 쓰레기장에서 주워온 물건 같아 보이지만, 나에게 있어 어릴 적 일기는 보물 중 보물이다.

아빠는 지금까지 일기를 통해 나와 대화를 나눴다.

초등학교 일학년 일학기 6월 1일부터 일기를 썼다.

당시는 그림일기를 썼으니까, 쓰고 그렸다고 하는 것이 정확하겠다.

첫 일기를 나는 지금도 기억한다.

일기장의 윗부분, 그러니까 그림을 그리는 부분에 회색 크레파스로 구름을 그렸다.

뭉게구름을 그리고 싶었다. 하얀색 뭉게구름을 그리고 싶었는데 종이가 하얀색이다 보니 회색을 썼다.

글을 쓰는 아랫부분에도 역시 날씨 얘기를 썼다.

'아침에 일어나니 흐리고…….'

이 일기장 덕분에 아빠는 거의 모든 어린 시절을 기록으로 갖고 있다.

초등학교 육 년, 중학교 삼 년, 고등학교 삼 년, 십이 년 동안의 모든 기록을 거의 온전하게 갖고 있다.

아빠는 지금도 과거의 나와 대화를 나누고는 한다.

일기장이라는 타임머신을 타고 말이다.

아빠는 모든 기록은 가치가 있다고 믿는단다.

그래서 쓰고 모으는 일에 열중한 것인지 모르겠다.

지금의 이 기록도 과연 가치가 있는 것일까?

나는 자살을 생각하고 있다.

사랑하는 내 자식을 남기고 먼저 떠날 준비를 하고 있다.

모든 것을 완벽하게 준비한 뒤 조용하게 떠나겠다는 생각을 하고 있다.

한때는 이 세상 누구도 나를 찾지 못하도록 하고 떠나겠다는 생각을 했다. 내가 죽었는지, 살았는지, 죽었다면 어디에서 죽었고, 살았다면 어디에 살고 있는지 그 누구도 모르게 해놓고 죽겠다는 생각을 하고 있었다.

만약 내가 떠난 뒤 이 컴퓨터가 누군가의 손에 들어간다면, 내가 어디에서 어떻게 됐는지 쉽게 알 수 있게 될 것인데도 말이다.

습관이란 그렇게 무서운 것일까?

요즘 아빠는 일기를 쓰지 않는다. 대신 이 편지를 쓰고 있다.

수신인은 누구일까?

이 편지는 나에게 보내는 것이다.

보내는 사람, 나.

받는 사람, 나.

'보는 즉시 없애시오.'

이 편지는 나에게 쓰는 것이다. 나의 마음을 향해 쓰는 것이다. 어쩌면 약해질지도 모르는 나의 의지를 향한 전열을 정비하기 위해, 때로는 약해지는 의지를 다잡기 위해…….

조금씩, 조금씩 빈칸을 채워가고 있다.

딸아, 이건 너를 위한 편지가 아니란다.

아름다운 뒤태

나는 고양이에 대한 어떤 사람의 험담을 지금도 잊지 못하고 있다.

"고양이는 나중에 주인을 배신한대. 고양이는 한참 키우다 보면 갑자기 집을 나가버리는 경우가 많거든. 몇 년 동안 정성을 다해 키웠는데 집을 나가버린다고 생각해봐. 얼마나 배신감이 들겠어. 그래서 나는 고양이는 안 키워."

그러나 이 사람은 고양이의 특성을 제대로 파악하지 못하고 있다고 아빠는 생각한다.

고양이는 주인을 배신한 것이 아니란다.

오히려 주인을 배려한 것이다.

아빠가 어릴 적 집에서 고양이를 키워본 적이 있는데 고양이는 쥐를 잡아먹으면, 피 한 방울 남기지 않고 깨끗하게 먹어치운단다.

고양이는 똥이나 오줌을 싸면 늘 모래나 흙으로 그것을 덮는다.

자신의 흔적을 남기지 않으려는 특성을 갖고 있는 거야.

고양이는 죽을 때도 이런 특성을 그대로 보여준단다.

자신의 몸이 쇠약해져서 죽게 되면, 고양이는 아무도 모르는 장소에 몰래 찾아가 조용히 숨을 거둔다는구나.

남에게 폐도 안 끼치고, 추한 모습도 안 보이겠다는 것이겠지.

그래서 나는 고양이와 같은 '삶의 정리법'을 실행하고 싶다는 생각을 하곤 했다.

얼마 전 나는 TV에서 어떤 사람이 남자는 '뒤태'가, 여자는 '자태'가 아름다워야 한다고 얘기하는 것을 봤단다.

이 사람이 말하는 뒤태는 퇴장하는 모습을 뜻하는 것이더구나.

그 사람이 말하는 '아름다운 뒤태'는 인생의 끝마무리를 의미하는 것이었다.

사람은 누구나 이 사회에서 나름의 역할을 하다 저세상으로 간다.

누구는 높은 자리에 올라본 적이 있을 것이고, 누구는 돈을 많이 벌어봤을 것이다.

하지만 나이 들어 과거의 그런 영화에 매달려 추하게 삶을 정리하는 것만은 절대로 막아야 한다.

아마도 고양이의 죽음이 바로 '뒤태가 아름다운' 죽음이 아닌가 싶구나.

나도 고양이처럼 멋진 뒤태를 보일 수 있을까?

나는 고양이처럼 삶을 마무리할 수 있을까, 그런 용기가 내게도 있을까?

몰래

그 충격이 있기 전까지 나는 늘 '하이텐션'이었다.

늘 기분이 좋았고 즐거웠다.

사람들을 만나면 웃었고, 좋은 이야기만 나눴다.

아빠의 인생 중에서 이유 없이 우울하고, 죽고 싶다는 생각이 들었던 적은 거의 없다.

어릴 적부터 아빠는 밝고 명랑했어. 나를 본 사람들 중에 인상이 해맑다는 얘기를 하는 사람이 많았다.

인상이 해맑다는 칭찬을 아주 좋아했다. 가끔 그런 이야기도 들었다.

"참으로 해맑으시네요."

나이가 들어, 이제는 삶의 정리를 생각하고 있는데도 아빠는 '해맑음'을 꿈꾸곤 한다.

자살과 우울증은 밀접한 관련을 맺고 있다.

상당수 자살은 우울증에서 비롯된 것으로 밝혀지지.

우울증은 병이다.

우울증으로 자살한 것은 따지고 보면 병사한 것이다.

우울증이라는 병 때문에 자살한 것이기 때문이다.

병에 걸려 사망한 것과 다를 것이 없을 것이다.

물론 우울증은 생득적인 경우도 있지만 후천적인 경우가 더 많다.

삶이 힘들어서, 상황이 좋지 않아서, 경제가 어려워서, 스트레스가 많아서…….

이런저런 이유로 우울증이 생긴다.

갑자기 심하게 울적해지고, 그 정도가 심해져서 죽고 싶어지고. 그러다가 끝내 목을 매고.

사업이 망해서 먹고살 것이 없고, 입시에서 떨어져 부모에게 면목이 없고, 연인과 헤어져 살 기분이 안 나고, 회사에서 잘려 앞날이 캄캄하고…….

이런 것들이 자살을 부르는 경우도 많다.

그러나 이런 자살은 주변의 많은 사람들에게 슬픔과 아픔을 준다.

삶의 어느 순간은 마치 항암 치료를 하듯 극복해야 할 때도 있는 거란다. 결코 쉽진 않겠지만 당당하게 싸워 이겨내야 한다.

나의 선택은 이런 이유들과 다르다.

우울증 때문에 병사한 것도 아니고, 현실을 도피하기 위한 치사한 죽음도 아니란다.

아빠의 신택은 나를 포함한 모든 사람의 행복을 위한 선택이다.

아빠는 도전했다.

모든 사람들에게 아픔을 주지 않는 죽음은 무엇일까.

모든 사람에게 폐를 끼치지 않는 죽음은 무엇일까.

모든 사람에게 아픔을 주지 않고, 모든 사람에게 폐를 끼치지 않는 죽음에 나는 당당하게 도전한 것이다.

나는 나의 선택으로 인해 단 한 사람도 피해를 입지 않기를 바라고 있다.

그런 면에서 보면 나의 몇 가지 어설픈 계획에는 문제점이 많다는 생각이 든다.

어느 낯선 나라, 작은 시골 역에서 기차에 올라 여행을 즐기다가, 기차 맨 마지막 칸의 열려 있는 문 앞에서 졸다가 뚝 떨어져 죽겠다는 식의 계획…….

이 죽음 역시 많은 사람들에게 폐를 끼칠 것이다.

철로에 떨어져 있는 나를 처리하기 위해 많은 사람들이 동원돼야 할 것이다.

기차를 몰던 기관사는 왜 하필 자신이 몰던 기차에서 이런 사고가 났느냐며 불운을 탓할 것이다. 그로 인해 그의 아내와 가족들도 한동안 불면의 시간을 보낼지도 모른다.

어느 호수에 차를 돌진해 빠져 죽는 계획도 세워봤다.

이 계획 역시 문제가 많다.

만약 내가 차를 돌진해 댐으로 떨어지는 모습을 누군가가 봤다면, 나를 수색하기 위해 많은 사람을 동원해야 할 것이다.

설사 아무도 보지 않았다고 해도, 가뭄이 심한 어느 봄날 댐 바닥에서 나와 자동차가 드러나면 경찰관들이 한차례 홍역을 치르게 되겠지.

한국과 일본 사이, 현해탄을 오가는 배에서 몸을 던지는 것은 어떨까.

정상적인 수속을 하고 배를 탄다면, 내가 바다 어딘가에 투신한 사실이 금방 알려질 것이고, 여러 사람들이 고생을 하게 될 것이다.

만약 현해탄을 꼭 선택하고 싶다면, 나는 배에 몰래 타야만 할 것이다.

몰래.

chapter 9

너를 생각하며

이걸 너에게 남겨주려고 애를 쓰지는 않았다.
나 스스로가 이것이라도 남아 있어서
오늘까지 버틸 수 있었지 않나, 그런 생각이 든다.
나의 장례식에 드는 비용은
따로 통장을 만들어놨으니 그걸 사용하도록 해라.

돈

하루하루가 힘에 부친다.

해가 갈수록 지출이 늘어난다.

감당하기가 결코 쉽지 않다.

들어오는 것은 없는데, 나갈 것은 늘어나고…….

요즘에는 축의금과 부의금 부담이 너무나 크구나.

이번 달만 해도 십만원짜리 두 개와 오만원짜리 두 개를 해결하고 나니 살림이 '휘청' 하는구나.

아파트 관리비와 각종 공과금 내면 끝인, 비정규직의 월급으로는 도저히 생활을 이어나가기가 어렵구나.

아이엠에프 때 '명퇴자'라는 멍에와 함께 받아 나온 퇴직금과 명퇴금도 바닥을 드러낸 지 오래다.

네 엄마 장례식 때 들어온 부의금 잔액으로 살아왔는데, 그것도 이제 바닥이 보이기 시작했다.

아이엠에프 이후 월급의 수준이 월급이라고 말을 하는 것도 부끄럽게 줄어든 나에게 노후의 유일한 희망이었던 연금(국민연금)도 더 이상 희망이 될 수가 없는 상황이구나.

오늘 가만히 집에 앉아서 내 재산을 한번 따져봤다.

'재산'이라는 말을 하고 나니, 그렇게 허허로울 수가 없다.

이걸 재산이라고 말이나 할 수 있을까?

내가 살고 있는 이 집, 부동산 중개사무소 앞에 붙어 있는 가격을 기준으로 해도 얼마 안 된다.

나에게는 가장 큰 재산이면서, 유일한 재산이다.

이걸 너에게 남겨주려고 한다.

이걸 너에게 남겨주려고 애를 쓰지는 않았다.

나 스스로 이것이라도 남아 있어서 오늘까지 버틸 수 있었지 않나, 그런 생각이 든다.

나의 장례식에 드는 비용은 따로 통장을 만들어놨으니 그걸 사용하도록 해라.

연습

오늘은 죽음에 대한 예행연습을 하고 왔다.

처음에는 그런 곳이 있다고 해서 '참 별게 다 있구나……' 하는 생각을 했는데, 오늘 다녀와 보니까 꽤 괜찮은 곳이라는 생각이 들었다.

사실 죽음을 미리 경험해보거나, 최소한 예행연습을 하는 것은 내가 오래 전부터 계획해왔던 것 중 하나였다.

그곳에서는 죽음과 관련한 다양한 체험을 해볼 수가 있었다. 나는 그중에서도 관에 들어가보는 체험을 꼭 해보고 싶었다.

세상과의 이별을 미리 연습해본다는 차원에서 꽤 흥미가 있었다.

먼저 유서를 쓰라고 했다.

죽는데 무슨 말이 필요할까, 그런 생각도 들었다.

이런 유서를 썼다.

“정말로 행복했습니다. 어떤 때는 힘들기도 했고, 외롭기도 했습니다. 그러나 많은 시간은 행복했습니다. 여러분 덕분에.”

유서가 아니라 ‘감사장’이라는 생각이 들어 ‘픽’ 웃었다.

‘관(棺)’은 무서웠다. 관의 뚜껑은 마치 이승과 저승의 경계와 같다는 느낌이 들었다.

처음에 뚜껑이 열리는 소리가 무겁게 느껴졌다.

관의 뚜껑을 열 때는 마치 괴기 영화를 보는 것 같았다.

나와는 별 관계가 없는 낯선 느낌이었다.

육중한 나무 관에 몸을 집어넣는 순간, 차가운 느낌이 온몸을 휘감았다.

관은 예상 외로 넓었다. 어깨 부분이 조금 불편했지만, 편하고 아늑했다.

뚜껑이 닫히자, 어둠이 찾아왔다.

처음에는 관의 끝부분에서 빛이 들어왔다.

그 빛이 마지막 남은 나의 목숨 같다는 생각을 하고 있는데, 빛은 점차 가늘어졌다.

밖에서 쿵쿵 소리가 나니까, 나를 둘러싼 나무가 엄청나게 크게 울렸다. 관은 하나의 거대한 울림통이 되어 귓전을 때렸다.

마치 큰 북 안에 들어와 있는 것 같은 느낌이 들었다.

그러다가 빛이 완전히 끊겼다.

다음에 찾아온 것은 어둠이었다.

완벽한 어둠, 그 옛날 사진 공부를 할 때 들어갔던 암실을 잠시 떠올렸다.

밖은 다시 조용해졌다. 이대로 잠들어도 되겠구나 싶었다.

그래, 삶과 죽음은 한 조각이라는 생각이 들었다.

만일 밖에서 기다리고 있던 직원이 깜빡 잊고 관을 열어주지 않는다면, 그게 바로 죽음이겠지.

무섭지는 않았다. 그래도 괜찮겠다는 생각을 했다.

관이 다시 열렸다.

나는 저승에서 이승으로 다시 돌아왔다.

머지않아 나는, 다시 그곳으로 돌아갈 것이다.

부고

딸아!

아빠가 너에게 하는 마지막 부탁이다.

번거롭거나 귀찮은 일도 있겠지만, 가능하면 나의 말을 따라줬으면 좋겠다.

아빠의 죽음을 널리 알릴 필요는 없다.

아빠는 결코 유명한 사람도, 이 사회에 뭔가를 남긴 사람도 아니다.

아빠의 죽음은 꼭 알려야 할 사람에게만 알리기 바란다.

내 죽음을 꼭 알려야 할 사람의 명단은 내가 따로 정리해놓았으니 그것을 기준으로 삼도록 해라.

다만, 네 주변 사람들에 대한 연락은 네가 알아서 판단하도록 해라.

장례는 가급적 간소하게 치르기 바란다.

요즘 장례식은 간소하게 하고 말고 할 것도 없겠지만, 가능한 한 조용히 치러주길 바란다.

부의금과 조화는 절대로 받지 말거라.

주변 사람들에게 아빠의 죽음을 알릴 때 부의금이나 조화는 받지 않는다는 사실을 미리 통보했으면 좋겠구나.

수의는 아빠가 평소에 즐겨 입던 옷으로 대신해주기 바란다.

네가 사준 옷, 그 옷이라면 더욱 좋겠구나.

관 역시 소박한 것으로 선택해주기 바란다.

어차피 불에 타면 한 줌 재로 변할 텐데 그런 곳에 돈을 쓸 필요는 없지 않겠니?

시신은 당연히 화장해야 한다.

화장 후에는 반드시 내가 그토록 염원해온 수목장을 해주기 바란다.

우리 가족이 가던 그 산, 그 나무 밑에 뿌리고 아빠가 생각날 때 한 번씩 들러주렴.

그 나무가 조금씩 자라서, 새 가지가 나고 새 잎이 나면 그게 바로 이 아빠의 분신이라고 생각해줄 수 있겠지?

'그는 자연으로 갔다. 그가 좋아하는 방식으로 갔다. 그리고 아무것도

남기지 않았다.'

어쩌면, 네가 아빠를 위해 무엇인가 남기기를 원할지도 모르겠다.
그럴 때면 나와 함께 심은 그 나무에 작은 표찰이라도 하나 걸어주렴.

모든 것은 부질없다.
아빠는 아무것도 남기지 않으려고 한다.
네 마음에 곱게 새겨진 비석, 그것 하나면 충분하다.

그것도, 언젠가는 옅어지고 지워지겠지.
딸아, 아빠를 위해 뭔가를 남기려 하지 마라.
기록하려 하지 마라.
모든 것은 떠난다.
언젠가 우리는 서로의 마음속에서 모두 떠난다.

안내문

바쁘신 가운데 저의 죽음을 슬퍼해주시기 위해,

저의 남은 가족을 위로해주시기 위해,

이렇게 장례식장을 찾아주신 여러분께 진심으로 감사드립니다.

아마도 저의 죽음을 접하고 많이 놀라셨을 겁니다.

제가 평소 지병을 앓고 있었던 것도 아니고, 사건이나 사고에 연루됐다는 소식을 들은 것도 아니기 때문에 더욱 그럴 것입니다.

아마도 여러분은 이 자리에 오실 때까지 제가 어떤 과정으로 죽었는지 궁금해하셨을 것입니다.

너무 놀라지 마시기 바랍니다.
저는 자살을 했습니다. 스스로 목숨을 끊었습니다.

어떻게 자살을 할지에 대해 많은 고민을 해왔지만, 이 글을 쓰는 이 시간까지도 그 방법을 결정하지 못했기 때문에 제가 어떻게 죽었는지에 대해서는 저도 잘 모르겠습니다.

그러나 저는 저의 목숨을 스스로 끊었습니다.
오늘을 십 년 동안 준비했습니다.
자살을 결심한 뒤 언젠가 들었던 이런 말이 떠올랐습니다.
'자살을 하는 사람은 정말 독한 사람이고, 잔인한 사람이다.'
남아 있는 사람에게 엄청난 충격을 주는 일을 결행한 사람이기 때문에 이 세상 어떤 사람보다도 독하고 잔인한 사람이 바로 자살한 사람이라는 것입니다.

저도 그 말을 들었을 때는 그럴듯한 말이라는 생각을 했습니다.
정말 무책임한 사람이고, 남아 있는 사람들에게 정말 큰 아픔을 주는 잔인한 사람이라고 생각했습니다.
그러나 저는 스스로 자살을 생각하면서, 꼭 그런 것만은 아니라는 생각을 하게 됐습니다.
어쩌면 이것이 남아 있는 사람을 위한 최선의 배려일지도 모른다는 생각을 했습니다.

그래서 이 글을 씁니다.

저는 결코 살아가기가 힘들거나, 세상이 싫어져서 자살을 한 것이 아닙니다.

저는 언젠가 들은 바 있는 '잘나갈 때 떠나라'는 말을 아주 소중하게 간직하고 살아왔습니다.

그리고 그 말을 내가 생을 마감할 때 꼭 실천하겠다고 생각을 했습니다.

그렇습니다. 잘나갈 때 떠나기 위해 저는 자살을 했습니다.

저는 결코 지금 잘나가는 사람은 아닙니다만, 지금이 제가 떠날 수 있는 최적기라고 생각했습니다.

저는 행복합니다. 제 생을 통틀어 가장 행복합니다.

감히 말씀드립니다.

저는 제가 벌여놓은 일에 대해 어느 정도는 책임을 완수했다고 생각합니다.

저와 고락을 함께해온 아내는 사고로 이미 저세상 사람이 되었습니다.

그 사람에게는 너무 많은 빚을 졌지만, 그 빚을 갚을 길이 없습니다.

다만 그 사람이 저에게 숙제를 하나 남겨줬는데, 그 숙제만은 끝냈습니다.

아내가 저에게 남긴 숙제는 저의 딸아이가 좋은 가정을 만들 수 있도록 하는 것이었습니다.

제 딸아이는 얼마 전 가정을 이루어 제 곁을 떠났습니다.

이제 저에게는 아무런 숙제도 없습니다.

스스로 떠날 날을 알아 떠날 뿐입니다.

제 인생을 스스로 정리할 수 있게 돼 행복할 뿐입니다.

저는 제 인생을 저의 힘으로 깨끗하게 마무리하고 여러분 곁을 떠날 수 있게 됐습니다.

그동안 감사했습니다.

여러분 덕분에 행복했습니다.

chapter 10

아빠 제발

읽는 내내 아빠와 함께했던 기억들이 떠올랐다.
그 시간들이 생생하게 떠올랐다.
내가 자라는 동안, 아빠도 그만큼 늙어갔다.
그걸 잊고 있었다. 아빠는 언제나 아빠였으니까.

전날 밤

새벽 세시다. 정확이 두 시간 오십 분 동안 나는 아빠의 글을 읽었다.

아빠는 나와의 이별을 준비하고 계셨다. 십 년 동안…… 나와의 헤어짐을 만들어가는 중이었다.

내일 있을 결혼식을 생각한다면, 그리고 아침에 있을 신부화장을 생각한다면 잠을 자둬야만 하는데, 나는 잠시도 아빠의 편지에서 눈을 뗄 수가 없었다.

눈물은 나지 않았다. 절대 죽을 수 없도록 만들 테니까.

아빠는 나를 위해 존재해야만 하니까.

아빠에게 아직 하지 못한 말들이 많다.

아빠에게도 아빠의 삶이 있다는 것을, 아빠의 이름으로 살아온 날과, 살아갈 날들이 있다는 것을 잊고 살았다.

삶의 어려움에 부딪칠 때마다 아빠 탓을 하기도 했다.

읽는 내내 아빠와 함께했던 기억들이 떠올랐다.

그 시간들이 생생하게 떠올랐다.

내가 자라는 동안, 아빠도 그만큼 늙어갔다.

그걸 잊고 있었다. 아빠는 언제나 아빠였으니까.

아빠는 이 편지의 수신인을 아빠라고 했다.

그러나 이 편지의 유일한 수신인은 나였다.

나는 그렇게 생각했다.

아빠는 나에게 보낼 편지를 십 년 전부터 준비하고 있었다.

아빠가 십 년 동안 나에게 써내려간 편지.

그것을 단순히 편지라고 말할 수 있을까.

아니다.

그것은 유서였다.

아빠는 나에게 십 년에 걸쳐 유서를 쓴 것이다.

아빠가 이 편지를 정말로 나에게 남기고 스스로 목숨을 끊을 생각이었는지, 나는 알지 못한다.

그러나 나는 편지를 쓰기로 결심했다.

시간이 별로 없었다.

내일 아침, 아니, 오늘 결혼식이 시작될 때까지 나는 아빠의 마음을 붙잡을 편지를 써야만 한다.

그 편지를 내일 결혼식장에서 읽어드릴 것이다.

그토록 사랑했지만 나는 아빠에게, 아빠의 삶에 너무 무심했다.

너에게

아빠.

먼저 미안하다는 말부터 할게.

사실은 어제 저녁에 아빠의 허락도 받지 않고 방에 들어갔었어.

아빠에게 나름 감사의 글이라도 남기고 싶어서 컴퓨터를 열었다가 아빠가 십 년 전부터 써온 글을 모두 읽고 말았어.

아빠, 왜 그 많은 말들을 컴퓨터하고만 주고받은 거야?

내가 컴퓨터를 통해 아빠로부터 들은 모든 말은 앞으로 비밀로 할게.

누구에게도 말하지 않고 내 속에만 감춰둘게.

그 대신 오늘 나는 아빠에게 내 마음을 담은 답장을 한 통 쓰려고 해.

바보 같은 아빠, '너'에게.

딸이 '너'라고 불러도 행복을 느낀다는, 이 세상 누구보다 바보 같은 너.

때로는 서툴게, 하지만 누구보다 나를 사랑해준 너.

나는 언제까지나 네가 필요해.

네가 내 곁을 지켜주지 않으면, 아마도 나는 이 거친 세상을 살아갈 수 없을지도 몰라. 욕하고, 떼쓰고, 도망칠 곳이 필요할 때 언제든 아빠를 찾아오라고 했잖아.

너는 생각이 잘 나지 않을 수도 있어.

내가 초등학교에 들어가던 그 해 봄일 거야.

그날 나는 하얀 벚꽃이 흐드러지게 피어난 거리를 네 손을 잡고 걸었어.

변덕스러운 봄날이었는데도 하늘이 유난히 파랬던 걸로 기억해.

벚꽃나무 길을 한참 걷다가

너의 얼굴을 무심코 올려다봤어.

네가 나보다 세 배는 키가 클 때였지, 아마.

너의 얼굴 뒤로 하얀 벚꽃과 거짓말처럼 파란 하늘이 보였어.

나는 그때의 느낌을 지금도 잊지 못해.

파란 하늘의 청명함.

하얀 벚꽃의 화사함.

묵묵히 걷고 있는 너의 얼굴에서 느껴지던 그 든든함.

나는 그게 좋았어.

나는 오늘 삼십 년 동안 나를 키워준 네 곁을 떠나.

그러나 나는 하나도 두렵지 않아.

그날 벚꽃 앞에서 느낀 너의 그 든든함을 믿고 있으니까.

벚꽃 길을 너와 손잡고 걸었던 것처럼

오늘도 네 손을 잡고 이 길을 걸을 테니까.

그러니 부탁이 있어.

오늘 식장에서 네 손을 잡고 입장할 때,

나는 곧장 앞만 보고 걸을 거야.

아빠 너는 내 발밑을 보며 걸어줘.

내가 긴 치맛단을 밟거나

높은 굽을 신은 발이 삐끗하지 않도록,

내가 넘어지지 않도록, 오로지 내 발밑만 봐줘.

언제나 내 앞에서 보였던 모습 그대로 나와 함께 걸어줘.

그럼 나는 넘어지지 않고 열심히 살아갈게.

언젠가 생길 내 아이의 할아버지가 되어줘.

나에게 했던 것처럼 근사한 길을, 행복했던 길을 그 아이에게 보여줘.

아이에게 숲을 보여주고 많은 이야기를 해주고 함께 걸어줘.

버스가 지나가면 버스라는 말을 아이에게 알려주고,

비행기가 지나가면 나에게 했던 것처럼 아이를 번쩍 들어 목말을 태워줘.

그리고 아이가 보지 못했던 할머니 이야기를 해줘.

내가 듣지 못했던 이야기까지 전부.

아빠가 엄마를 어떻게 만났고 어떻게 사랑했는지 아이에게 이야기해줘.

나의 아이가 사랑이 무엇인지 알도록, 아빠가 가르쳐주는 거야.

나를 위해 너의 결정을 포기해줘.

나에게는 여전히 아빠가 필요해.

답장

그래, 딸.

이걸 답장이라고 한다면 답장이 되겠구나.

결국 답장의 답장라고 해야겠구나.

컴퓨터에 담겨 있는 글은 너에게 보여줄 생각으로 쓴 것이 아니란다.

나의 생각을 정리하기 위해 써놓은 것이었을 뿐인데…….

십 년을 고민해 내린 결론을 하루아침에 뒤집어버리기는 쉽지가 않구나.

결론부터 말하면 나는 내 생각을 바꾸기로 했다.

결혼식장에서 네가 읽어준 그 편지 한 장.

그것이 나의 십 년 계획을 무너뜨리는구나.

그 편지가 지난 십 년의 많은 아픔과 고민을 한번에 지우는구나.

아빠는 어쩌면,

나의 '존재 이유'를 찾아다녔는지도 모르겠구나.

아니 '존재 이유'라는 말은 너무 거창한 것 같다.

살아가기 위한 '변명'이라고 할까, '구실'이라고 할까?

우선 이 세상에 딱 하나뿐인 내 딸의 간절한 소망,

그것이 '나의 존재'라면,

나 역시 '나의 존재'에 대해서 다시 한 번 생각해볼 수밖에 없구나.

딸아, 엄마와 내가 무척 사랑했던 우리 딸.

아빠는 앞으로 좀 나갔다 오련다.

너에게 남겨주려고 준비해뒀던 통장을 깨려고 한다.

그 통장에 들어 있는 돈은 네가 아니라 나를 위해 쓰고 오마.

그래도 괜찮겠지?

그동안 꿈꿔오던 것, 그것을 해보마.

시베리아 횡단 열차를 타고 시베리아 벌판을 달리게 될까?

아니면 하얀 눈으로 가득 찬 일본 홋카이도의 하얀 벌판을 기차로 내달리게 될까?

그것도 아니면, 아프리카 어느 작은 마을에서 아이들에게 한글을 가르치게 될까?

아니면 인도네시아의 어느 마을에서 나무를 심고 있을까?
네덜란드 구석구석을 자전거로 돌아보고 있지는 않을까?

그러다가 돌아오마.
약속하마. 꼭 다시 오마.

그래서 네 아이, 그러니까 나의 손자, 손녀를 꼭 만나리라.
함께 봄길을 걷고 싶구나.
함께 봄꽃을 보고 싶구나.
네 아이와 함께 말이다.
네 엄마 이야기도 해주고 네가 어렸을 때 이야기도 해주련다.
그 아이에게 네 엄마가 얼마나 착한 아이였는지 꼭 이야기해주련다.

나는 지금 인천공항으로 가는 지하철을 타고 있다.
귀국일이 적혀 있지 않은 오픈티켓 한 장을 들고 말이다.
그렇지만 딸아, 어릴 때의 그 마음 그대로 나를 믿어도 좋다.

우리 딸, 사랑한다. 그리고 고맙다.

에 필 로 그

덮으며

그러니 부탁이 있어. 오늘 식장에서 네 손을 잡고 입장할 때,
나는 곧장 앞만 보고 걸을 거야.
아빠 너는 내 발밑을 보며 걸어줘.
내가 긴 치맛단을 밟거나 높은 굽을 신은 발이 삐끗하지 않도록,
내가 넘어지지 않도록, 오로지 내 발밑만 봐줘.
언제나 내 앞에서 보였던 모습 그대로 나와 함께 걸어줘.

기록

이 책은 자살을 결심한 한 아빠의 기록이다. 그는 오십대에 자살을 결심하고 나서 십 년에 걸쳐 준비를 했다.

그가 그 십 년 동안 한 것은 딸을 비롯한 주변 사람을 지키는 것이었다. 그는 자신의 자살로 인해 받을 주변 사람들의 충격을 줄이기 위해 무던히도 애를 썼다. 그는 많은 이야기를 남겼다. 그의 말 한마디 한마디는 주변 사람들이 자신의 자살을 '기쁨'으로 받아들여줄 것을 호소하기 위한 것이었다.

그는 자신이 겪고 있는 많은 고통을 애써 숨긴 채 사람들을 '설득'하고자 했다. 그의 설득은 정말로 눈물겹다.

그러나 그는 한 가지 중요한 사실을 간과하고 있었다. 그가 자신의 마음을 많은 이야기를 통해 남긴다고 해도 결코 주변 사람들에게 입히는 상처를 줄일 수 없다는 것이다.

그가 진정으로 주변 사람들을 사랑하고 있다면, 자살이라는 극단적인 선택만은 피해야 한다는 사실, 그것을 간과하고 있었다.

그는 살아 있다는 것만으로도 딸에게 힘이 되었다. 그는 그것을 알지 못했다.

십 년간, 지독한 사랑과 독기로 키워온 그의 결심은 딸의 한마디 말 덕분에 녹아 없어졌다.

"저에게는 여전히 아빠가 필요해요."

지금도 자살을 생각하고 있을 이 땅의 많은 사람들에게 이 말을 꼭 전하고 싶다.

"당신은 그 누군가에게 꼭 필요한 사람입니다."

자살 국가

신문기자 생활을 하면서 많은 자살을 보고 접했다. 자살한 사람이 남긴 유서도 읽어봤고, 휴대전화에 남긴 메시지도 살펴봤다. 하나같이 안타까운 사연을 담고 있었다. 때로는 유서나 메시지에, '살아남아 있는 사람'에 대한 복수심을 담아놓기도 하지만, 대부분은 '남아 있는 사람'에 대한 사랑을 담는다.

마지막으로, 정말 마지막으로 하고 싶은 이야기, 그동안 이런저런 이유로 하지 못한 이야기를 남기는 것이다.

거기에는 '사랑'이라는 단어와 '미안' 또는 '죄송'이라는 단어가 유독 많다.

그 모든 기록, 그 모든 단어는 읽는 사람을 아프게 한다. 쓰는 사람의 아픔을 짐작하기에, 읽는 사람의 마음이 더 찢어지는지도 모른다.

대한민국은 세계 1위의 '자살 국가'이다. 세계 어느 나라보다도 자살을 통해 생을 마감하는 사람이 많은 나라라는 것이다.

자살 국가 '한국'을 이대로 두어서는 안 된다. 심각한 수준에 이른 한국인의 자살을 이대로 방치할 수 없다는 생각에서 이 책은 시작됐다.

이런 걸 '반갑다'는 말로 표현해도 될까. 얼마 전 자살과 관련해 '반가운' 소식이 하나 전해졌다.

한국의 자살률(인구 10만 명당 자살로 인한 사망자 수)이 처음으로 감소했다는 뉴스가 그것이다. 뉴스의 핵심은 2012년 자살에 의한 사망자의 수가 한 해 전에 비해 11퍼센트 줄어들었다는 얘기다.

뭐든지 '나쁜 것'은 줄어들거나 없어지는 것이 좋은 것인지 모른다.

그런데 그 수치를 바라보면 이 '반갑다'는 표현이 얼마나 민망한 것인지를 알 수 있다.

"1만 4160명."

2012년 자살로 숨진 사람의 수이다. 11퍼센트가 줄었다는 이유만으로 '반갑다'고 표현하기에는 너무나 많은 사람이 스스로 목숨을 끊었다.

하루 평균 38.8명의 국민이 스스로 목숨을 끊기 위해 시간과 장소를 택하고 마지막으로 남길 단어를 고르는 일이 반복되고 있는 것, 이것이 21세기 대한민국의 현실이다.

그들은 자살을 감행할 때까지 얼마나 많은 고민을 했을까? 얼마나 두렵고, 얼마나 무서웠을까? 그리고 얼마나 많이 울었을까?

그들의 자살을 접한 가족은, 친구는 또 얼마나 많이 울었을까. 자신의 가슴을 쥐어뜯었을까? 자신 때문에 자살한 것이라며 얼마나 많이 자책했을까?

경제협력개발기구(OECD)에 포함돼 있는 나라는 '잘사는 나라'라는 평가를 받는다. 그런데 여기에 속해 있는 나라 중에서 한국만큼 자살자가 많은 나라는 없다.

OECD 평균, 10만 명당 자살자 수는 12명이지만, 우리나라의 자살자 수는 28명이 넘는다. 이는 한국의 경제는 눈부신 성장을 이루어가고 있지만 그 '과실'이 개인, 혹은 개인의 행복으로 이어지지 않고 있다는 것을 보여준다.

이런 나라를 '잘사는 나라'라고 할 수 있을까? 차라리 '자살을 잘하는 나라'라고 해야 하는 것은 아닐까?

그동안 많은 노인들을 만났다. 그중 상당수 노인들이 자살을 생각하고, 자살에 대해 이야기한다. 처음에는 그것이 그저 이야기로만 그칠 줄 알았다. 그러나 아니었다.

상당수 노인들이 자신의 생각을 실행에 옮기고 있다. 수많은 노인들이 더 이상의 삶을 영위할 힘도, 자신감도 잃어버린 채 스스로 목숨을 끊고 있는 것이다.

노인의 자살은 더 이상 방치할 수 없는 지경에 이르고 있다. 노인의 자살률은 연령이 높아질수록 급격히 올라간다. 80대 이상에서 10만 명당 자살자 수는 104.5명으로 가장 많았다. 70대는 73.1명, 60대는 42.4명이었다.

연령대가 높아질수록 자살률이 높아지는 원인은 무엇일까?

연령대가 높아질수록 경제, 사회적 지위가 급격히 약해진다. 아무도 그들의 이야기를 들어주려 하지 않는다.

노인들의 자살을 막기 위해서 기본적으로 사회적인 관심과 대책이 필요하다. 지금 당장 그들의 이야기를 들어주는 것부터 시작해야 한다.

자살을 생각하는 '베이비부머'들도 급증하고 있다. 1970~1980년대 한국 산업화의 주역으로 활동하면서, 가정의 기둥 역할을 해온 50대 남성들이 경제 위기 등에 따른 생활고를 극복하지 못하고 자살이라는 극단적 선택을 하는 사례가 늘어나고 있는 것이다.

베이비부머의 핵심 계층인 50~54세 남성의 10만 명당 자살자 수는 62.4명(2009년 기준)으로, 20년 전인 1989년의 15.6명보다 무려 300퍼센트 증가했다.

이는 50~54세가 된 베이비부머 세대 남성이 20년 전 그 나이대의 남성들에 비해 자살을 선택하는 비율이 무려 4배나 많다는 것을 의미한다.

이들은 왜 죽음을 선택하는 것일까? 베이비부머 세대 남성 가운데 자살에 대한 충동을 느낀 적이 있는 사람을 대상으로 그 이유를 묻는 설문조사를 실시한 결과, 응답자의 44.9퍼센트가 '경제적 어려움'을 꼽았고, 나머지는 지병(11.3퍼센트)과 외로움(11.0퍼센트) 등을 들었다.

이 조사 결과는 베이비부머 세대 남성 중 상당수가 '경제적인 문제'로 자살을 생각하고 있다는 것을 보여준다.

이들의 자살률은 경제 위기가 닥칠 때마다 가파르게 상승하곤 했다.

국제통화기금(IMF) 외환 위기가 다가온 1997년 이 세대의 10만 명당 자살자 수는 29.5명이었다. 그러나 이듬해는 10만 명당 자살자 수가 48.5명으로 급증했다. 2008년 금융위기를 겪는 과정에서도 비슷한 현상이 나타났다. 10만 명당 자살자 수는 2008년 47.1명에서 이듬해 62.4명으로 뛰었다.

이는 아내와 자식 등 가족의 생계를 책임지는 가장들이 경제적 어려움 속에서 막중한 책임감을 견디지 못하고 막다른 선택을 하는 경우가 많다는 것을 보여준다. 50대 남성들은 베이비부머 세대의 주력 계층으로서 엄청난 경쟁을 겪으며 살아남았지만, 부모 세대와 자식 세대 사이에서 일종의 '끼인 세대'가 되어가면서 극단적인 선택을 하는 경우가 많다는 것이다.

이는 '자살예비군'으로 지칭되는 베이비부머들을 위한 자살방지책 또한 시급하다는 것을 보여주는 것이다.

'자살대국' 한국에는 특이한 현상이 하나 있다. 그것은 바로 정신과 치료를 기피한다는 것이다.

OECD 국가 중 '자살률 1위'의 불명예를 안고 있는 대한민국에서는 우울증으로 인한 자살률은 증가해도 전문적인 정신 · 심리 상담 치료를 받는 경우는 아주 드물다. 미국의 한 신문은 "한국에서는 매일 수십 명이 자살을 하고 있지만, 서양인들처럼 정신과 치료를 받는 환자는 극히 드물다"고 전한 바 있다.

한국인들은 빠른 인터넷을 만들어내고 각종 기술 혁신을 통해 최첨단 기기를 만들어내고 있지만, 자살의 원인인 우울증과 스트레스를 줄이기 위한 정신 상담 치료는 꺼린다. 시간이 지나면 저절로 치유될 것이라는 막연한 믿음과 정신과 치료에 대한 한국 사회의 부정적 인식이 그 배경이라는 것이 전문가들의 분석이다. 한국인들은 우울증을 앓고 있는 것보다, 그것이 세상에 알려지는 것을 더 두려워한다. 정신과 치료를 받으면 큰 문제가 있는 사람으로 여기는 사회적 인식은 여전히 해소되지 않고 있다. 상담 치료에 대한 후진적인 인식에도 문제가 있다. 한국인 중에 정신과 의사와 대화만 하고 치료비를 내는 것을 이해하지 못하는 사람이 아직도 많다.

어릴 적부터 청소년기까지 '무한 경쟁'을 강요하고 체면을 중시하는 사회가 사람들을 자살로 내몬다는 분석도 나오고 있다.

한국 특유의 유교적 가부장주의와 집단 구성원으로서의 책임을 강조하는 사회 분위기 역시 자살 증가와 무관하지 않다. 직장인들의 과중한 업무, 이혼률의 증가, 학생들의 입시 지옥, 남성 중심의 술 문화 등 자살률을 높이는 요인은 너무나 많다.

한국에서 독버섯처럼 번지고 있는 자살 사이트에서 볼 수 있듯이 '자살'은 전염성이 상당히 큰 하나의 사회적 현상이다.

한국인이 자살을 택하는 사회적 · 문화적 원인을 분석하고 그에 따른 처방을 내리는 것이 시급한 과제이다.

이 책이 '자살 1위 국가 대한민국'을 위한 처방을 내리는 데 자그마한 도움이라도 되기를 기대한다.

이 책을 집필할 수 있는 기회를 마련해준 관훈클럽신영연구기금과 졸고를 좋은 책으로 엮어준 다산북스에 깊은 감사의 말씀을 드린다.

십 년 후에
죽기로 결심한 아빠에게

초판 1쇄 인쇄 2014년 12월 8일
초판 1쇄 발행 2014년 12월 12일

지은이 윤희일
펴낸이 김선식

경영총괄 김은영
마케팅총괄 최창규
책임편집 백상웅 **기획 · 크로스교정** 이은 **마케팅** 이상혁
콘텐츠개발2팀장 김현정 **콘텐츠개발2팀** 백상웅, 문성미, 이은
마케팅본부 이주화, 이상혁, 최혜령, 박현미, 반여진, 이소연
경영관리팀 송현주, 권송이, 윤이경, 김민아, 한선미, 임해랑
외부스태프 디자인 이석운, 김미연

펴낸곳 다산북스 **출판등록** 2005년 12월 23일 제313-2005-00277호
주소 경기도 파주시 회동길 37-14 3, 4층
전화 02-702-1724(기획편집) 02-6217-1726(마케팅) 02-704-1724(경영관리)
팩스 02-703-2219 **이메일** dasanbooks@dasanbooks.com
홈페이지 www.dasanbooks.com **블로그** blog.naver.com/dasan_books
종이 한솔피엔에스 **출력 · 인쇄** (주)현문 **후가공** 이지앤비 특허 제10-1081185호

ISBN 979-11-306-0438-1 (03810)

- 책값은 뒤표지에 있습니다.
- 파본은 구입하신 서점에서 교환해드립니다.

- 이 도서의 국립중앙도서관 출판시도서목록(CIP)은 서지정보유통지원시스템 홈페이지(http://seoji.nl.go.kr)와 국가자료공동목록시스템(http://www.nl.go.kr/kolisnet)에서 이용하실 수 있습니다. (CIP제어번호 : CIP2014035156)
- **이 책은 관훈클럽신영연구기금의 도움을 받아 저술 출판되었습니다.**